Charles Sealsfield

Die Erzählung des Obersten Morse

Verone

Charles Sealsfield

Die Erzählung des Obersten Morse

1st Edition | ISBN: 978-9-92500-193-4

Place of Publication: Nikosia, Cyprus

Erscheinungsjahr: 2016

TP Verone Publishing House Ltd.

Reproduktion des Originals in Großdruckschrift.

Charles Sealsfield

Die Erzählung des Obersten Morse

Unser Wirt war ein fröhlicher Kentuckier und machte seinem Geburtsstaate in jeder Hinsicht Ehre. Unsere Aufnahme war die herzlichste, die es geben konnte. Wir hatten dafür nichts zu entrichten als die Neuigkeiten, die wir von Hause mitbrachten. Aber Sie können sich auch schwerlich einen Begriff von der Gier, der Ängstlichkeit machen, mit der unsere Landsleute in der Fremde Berichte von Hause anhören. Die Spannung ist wirklich fieberisch, und nicht bloß bei Männern, auch bei Frauen und Kindern. Wer sich von dieser wirklich fieberischen Anhänglichkeit unserer Bürger an ihr Vaterland einen Begriff geben will, sollte in der Tat nach Texas oder irgendeinem fremden Lande auswandern und mit da angesiedelten Landsleuten zusammentreffen. Wir waren nachmittags angekommen, und die Morgensonne des folgenden Tages traf uns noch am Erzählen und Debattieren – die ganze Familie um uns herum. Kaum dass wir einige Stunden geschlafen, wurden wir von unsern lieben Wirtsleuten bereits wieder aufgeweckt. Einige zwanzig bis dreißig Rinder sollten eingefangen und nach New Orleans auf den Markt versandt werden. Die Art Jagd, die bei einem solchen Einfangen stattfindet, ist immer interessant, selten gefährlich. Wir ließen uns die freundliche Einladung, wie Sie wohl denken mögen, nicht zweimal sagen, sprangen auf, kleideten uns an, frühstückten und bestiegen dann unsere Mustangs. Wir hatten vier bis fünf Meilen zu reiten, ehe wir zu den Tieren kamen, die in Herden von dreißig bis fünfzig Köpfen teils weideten, teils sich im Grase herumtummelten, die schönsten Rinder, die ich je gesehen, alle hochbeinig, weit höher als die Unsrigen, schlanker und besser geformt. Auch die Hörner sind länger und gleichen, in der Ferne gesehen, mehr den Geweihen der Edelhirsche denn Rinderhörnern. Obwohl Sommer und Winter sich selbst überlassen und in der Prärie, arten sie doch nie aus; nur wenn sie Wölfe oder Bären wittern, werden sie wild und selbst gefährlich. Die ganze Herde tobt dann in wütenden Sätzen dem Verstecke zu, wo das Raubtier lauert, und dann ist es heilsam, aus dem Wege zu gehen. Übrigens sind sie beinahe gar keinen Krankheiten ausgesetzt; von der Leberkrankheit, die unter den Herden in Louisiana so große Verwüstungen anrichtet, weiß man da nichts; selbst die Salzätzung ist überflüssig, da Salzquellen allenthalben im Überflusse vorhanden sind.

Wir waren ein halbes Dutzend Reiter, nämlich Mister Neal, mein Freund, ich und drei Neger. Unsere Aufgabe bestand darin, die Tiere dem Hause zuzutreiben, wo die für den Markt bestimmten mit dem Lasso eingefangen und sofort nach Brazoria abgeführt werden sollten. Ich ritt meinen Mustang. Wir hatten uns der ersten Herde, die aus etwa fünfzig bis sechzig Stück bestand, auf eine Viertelmeile genähert. Die Tiere blieben ganz ruhig. Sie umreitend, suchten wir der zweiten den Wind abzugewinnen. Auch diese blieb ruhig, und so ritten wir weiter und weiter, und die letzte und äußerste Truppe hinter uns, begannen wir uns zu trennen, um sämtliche Herden in einen Halbkreis zu schließen und dem Hause zuzutreiben. Mein Mustang hatte sich bisher recht gut gehalten, munter und lustig fortkapriolierend, keine seiner Tücken gezeigt, aber jetzt – wir waren noch keine zweihundert Schritte auseinander – erwachte der alte Unhold. Etwa tausend Schritte von uns weideten nämlich die Mustangs der Pflanzung, und kaum hatte er diese ersehen, als er auch in Kreuz- und Quersprünge ausbrach, die mich, obwohl sonst kein ungeübter Reiter, beinahe aus dem Sattel brachten. – Noch hielt ich mich jedoch. Aber unglücklicherweise hatte ich, dem Rate Mister Neals entgegen, nicht nur statt des mexikanischen Gebisses mein amerikanisches angelegt, ich hatte auch den Lasso, der mir das Tier bisher mehr als selbst das Gebiss regieren geholfen, zurückgelassen, und wo dieser fehlt, ist mit einem Mustang in der Prärie nichts anzufangen. Alle meine Reitergeschicklichkeit vermochte hier nichts, wie ein wilder Stier sprang es etwa fünf hundert Schritte der Herde zu, hielt aber, ehe es in ihrer Mitte anlangte, so plötzlich an, warf die Hinterfüße so unerwartet in die Luft, den Kopf zwischen die Vorderfüße, dass ich über denselben herabgeflogen war, ehe ich mir die Möglichkeit träumen ließ. Auf Zügel und Trense mit beiden Vorderfüßen zugleich springen, den Zaum abstreifen und dann mit wildem Gewieher der Herde zuspringen, das war dem Kobolde das Werk eines Augenblicks.

Wütend erhob ich mich aus dem ellenhohen Grase. Mein nächster Nachbar, einer der Neger, sprengte zu meinem Beistande herbei und bat mich, das Tier einstweilen laufen zu lassen, Anthony der Jäger würde es schon wieder erwischen; aber in meinem Zorne hörte ich nicht. Rasend gebot ich ihm, abzusteigen und mir sein

Pferd zu überlassen. Vergebens bat der Schwarze, ja um Himmels willen dem Tiere nicht nachzureiten, es lieber zu allen Teufeln laufen zu lassen; ich wollte nicht hören, sprang auf den Rücken seines Mustangs und schoss dem Flüchtling nach. Mister Neal war unterdessen selbst herbeigesprengt und schrie so stark, als er vermochte, ich möchte ja bleiben, um Himmels willen bleiben, ich wisse nicht, was ich unternehme, wenn ich einem ausgerissenen Mustang auf die Prärie nachreite, eine Texas-Prärie sei keine Virginia- oder Karolina-Wiese. Ich hörte nichts mehr, wollte nichts mehr hören; der Streich, den mir die Bestie gespielt, hatte mir alle Besonnenheit geraubt; wie toll galoppierte ich nach.

Das Tier war der Pferdeherde zugesprungen und ließ mich auf etwa dreihundert Schritte herankommen, den Lasso, der glücklicherweise am Sattel befestigt war, zurechtlegen, und dann riss es abermals aus. Ich wieder nach. Wieder hielt es eine Weile an, und dann galoppierte es wieder weiter; ich immer toller nach. In der Entfernung einer halben Meile hielt es wieder an, und als ich bis auf drei- oder zweihundert Schritte herangekommen, brach es wieder mit wildem, schadenfrohem Gewieher auf und davon. Ich ritt langsamer, auch der Mustang fiel in einen langsameren Schritt; ich ritt schneller, auch er wurde schneller. Wohl zehnmal ließ er mich an die zweihundert Schritte herankommen, und ebenso oft riss er wieder aus. Jetzt wäre es allerdings hohe Zeit gewesen, von der wilden Jagd abzustehen, sie Erfahreneren zu überlassen; wer aber je in einem solchen Falle gewesen, wird auch wissen, dass ruhige Besonnenheit richtig immer gleichzeitig Reißaus nimmt. Ich ritt wie betrunken dem Tiere nach, es ließ mich näher und näher kommen, und dann brach es mit einem lachenden, schadenfrohen Gewieher richtig wieder aus. Dieses Gewieher war es eigentlich, was mich so erbitterte, blind und taub machte – es war so boshaft, gellte mir so ganz wie wilder Triumph in die Ohren, dass ich immer wilder wurde. Endlich wurde es mir aber doch zu toll, ich wollte nur noch einen letzten Versuch wagen, dann aber gewiss umkehren. Es hielt vor einer der sogenannten Inseln. Diese wollte ich umreiten, mich durch die Baumgruppe schleichen und ihm, das ganz nahe am Rande graste, von diesem aus den Lasso über den Kopf werfen oder es wenigstens der Pflanzung zutreiben. Ich glaubte meinen Plan sehr geschickt angelegt zu haben, ritt demnach um die Insel herum, dann durch, und kam auf dem Punkte heraus, wo ich meinen Mustang sicher glaubte; allein obwohl ich mich so vorsichtig, als ritte ich auf Eiern, dem Rande näherte, keine Spur war mehr von meinem Mustang zu sehen. Ich ritt nun ganz aus der Insel heraus – er war verschwunden. Ich verwünschte ihn in die Hölle, gab meinem Pferde die Sporen und ritt, oder glaubte wieder zurück –, das heißt der Pflanzung zuzureiten.«

Der Oberst holte tiefer Atem und fuhr fort: »Zwar sah ich diese nicht mehr, selbst die Herde der Mustangs und der Rinder war verschwunden, aber das machte mich nicht bange. Glaubte ich doch die Richtung vor Augen, die Insel vom Hause aus gesehen zu haben. Auch fand ich allenthalben der Pferdespuren so viele, dass mir die Möglichkeit, verirrt zu sein, gar nicht beifiel. So ritt ich denn unbekümmert weiter.

Eine Stunde mochte ich so geritten sein. Nach und nach wurde mir die Zeit etwas lange. Meine Uhr wies auf eins – Schlag neun waren wir ausgeritten. – Ich war also vier Stunden im Sattel, und wenn ich anderthalb Stunden auf die Rinderumkreisung rechnete, so kamen drittehalb auf meine eigene wilde Jagdrechnung. Ich konnte mich denn doch weiter von der Pflanzung entfernt haben, als ich dachte. Auch mein Appetit begann, sich stark zu regen. Es war gegen Ende des Märzes, der Tag heiter und frisch wie einer unserer Maryland-Maitage. Die Sonne stand zwar jetzt golden am Himmel, aber der Morgen war trübe und neblig gewesen, und fatalerweise waren wir erst den Tag zuvor, und gerade nachmittags, auf der Pflanzung angelangt, hatten uns sogleich zu Tische gesetzt und den ganzen Abend und die Nacht verplaudert, sodass ich keine Gelegenheit wahrgenommen, mich über die Lage des Hauses zu orientieren. Dieses Übersehen begann mich nun einigermaßen zu ängstigen, auch fielen mir die dringenden Bitten des Negers, die Zurufe Mister Neals ein – aber doch tröstete ich mich noch immer; gewiss war ich jedenfalls nicht weiter als zehn bis fünfzehn Meilen von der Pflanzung, die Herden mussten jeden Augenblick auftauchen, und dann konnte es mir ja gar nicht fehlen. Diese tröstende Stimmung hielt nicht lange an, es kam wieder eine bange; denn abermals war ich eine Stunde geritten und noch immer keine Spur von etwas wie einer Herde oder Pflanzung. Ich wurde ungeduldig, ja böse gegen den armen Mister Neal. Warum sandte er mir nicht einen oder ein paar seiner faulen Neger oder seinen Jäger nach? Aber der war nach Anahuac gegangen, erinnerte ich mich gehört zu haben, konnte vor ein paar Tagen nicht zurück sein. – Aber ein Signal mit einem oder ein paar Flintenschüssen konnte mir der Kentuckier doch geben! Ich hielt an, ich horchte: kein Laut – tiefe Stille ringsumher – selbst die Vögel in den Inseln schwiegen; die ganze Natur hielt Siesta, für mich eine sehr beklemmende Siesta. So weit nur das Auge reichte, ein wallendes, wogendes Meer von Gräsern, hie und da Baumgruppen, aber keine Spur eines menschlichen Daseins. Endlich glaubte ich, etwas entdeckt zu haben. Die nächste der Baumgruppen, gewiss war sie dieselbe, die ich bei unserm Austritte aus dem Hause sehr bewundert; wie eine Schlange, die sich zum Sprunge aufringelt, lag sie aufgerollt. Ich hatte sie rechts, von der Pflanzung etwa sechs bis sieben Meilen, gesehen – es konnte nicht fehlen, wenn ich die Richtung nun links nahm. Und frisch nahm ich sie, trabte eine Stunde, eine zweite in der Richtung, in der das Haus liegen sollte, trabte unermüdet fort. – Mehrere Stunden war ich so fortgeritten, anhaltend, horchend, ob sich denn gar nichts hören ließe – kein Schuss, kein Schrei. Gar nichts ließ sich hören. Dafür aber ließ sich etwas sehen, eine Entdeckung, die mir gar nicht gefallen wollte. In der Richtung, in der wir ausgeritten, waren die Gräser häufiger, die Blumen seltener gewesen; die Prärie, durch die ich jetzt ritt, bot aber mehr einen Blumengarten dar – einen Blumengarten, in dem kaum mehr das Grün zu sehen war. Der bunteste rote, gelbe, violette, blaue Blumenteppich, den ich je geschaut, Millionen der herrlichsten Prärierosen, Tuberosen, Dahlien, Astern, wie sie kein botanischer Garten der Erde so schön, so üppig aufziehen kann. Mein Mustang vermochte sich kaum durch dieses Blumengewirre hindurchzuarbeiten. Eine Weile staunte ich diese außerordentliche Pracht an, die in der Ferne erschien, als ob Regenbogen auf Regenbogen über der Wiese hingebreitet zitterten – aber das Gefühl war kein freudiges, dem peinlicher Angst zu nahe verwandt. Bald sollte diese meiner ganz Meister werden. Ich war nämlich wieder an einer Insel vorbeigeritten, als sich mir in einer Entfernung von etwa zwei Meilen ein Anblick darbot, ein Anblick so wunderbar, als er alles weit übertraf, was ich von außerordentlichen Erscheinungen hierzulande oder in den Staaten je gesehen.

Ein Koloss glänzte mir entgegen, eine gediegene, ungeheure Masse – ein Hügel, ein Berg des glänzendsten, reinsten Silbers. Gerade war die Sonne hinter einer Wolke vorgetreten, und wie jetzt ihre schrägen Strahlen das außerordentliche Phänomen aufleuchteten, hielt ich an, in sprachlosem Staunen starrend und starrend, aber wenn mir alle Schätze der Erde geboten worden wären, nicht imstande, diese außerordentliche, wirklich außerordentliche Erscheinung zu erklären. Bald glänzte es mir wie ein silberner Hügel, bald wie ein Schloss mit Zinnen und Türmen, bald wieder wie ein zauberischer Koloss – aber immer von gediegenem Silber und über alle Beschreibung prachtvoll entgegen. Was war das? In meinem Leben hatte ich nichts dem Ähnliches gesehen. Der Anblick verwirrte mich, es kam mir jetzt vor, als ob es hier nicht geheuer, ich mich auf verzaubertem Grund und Boden befände, irgendein Spukgeist sein Wesen mit mir triebe; denn dass ich mich nun wirklich verirrt, in ganz neue Regionen hineingeraten, daran konnte ich nicht mehr zweifeln. Eine Flut trüber, düsterer Gedanken kam zugleich mit dieser entsetzlichen Gewissheit – alles, was ich von Verirrten, Verlorengegangenen gehört, tauchte mit einem Mal und in den grausigsten Bildern vor mir auf; keine Märchen, sondern Tatsachen, die mir von den glaubwürdigsten Personen erzählt worden, bei welchen Gelegenheiten man mich auch immer ernstlich warnte, ja nicht ohne Begleitung oder Kompass in die Prärien hinauszuschweifen; selbst Pflanzer, die hier zu Hause waren, täten das nie, denn hügel- und berglos, wie das Land ist, habe der Verirrte auch nicht das geringste Wahrzeichen, er könne tage-, ja wochenlang in diesem Wiesenozeane, Labyrinthe von Inseln herumirren, ohne Aussicht, seinen Weg je herauszufinden. Freilich im Sommer oder Herbste wäre eine solche Verirrung aus dem Grunde minder gefährlich, weil dann die Inseln einen Überfluss der deliziösesten Früchte lieferten, die wenigstens vor dem Hungertode schützten. Die herrlichsten Weintrauben, Parsimonen, Pflaumen, Pfirsiche sind dann allenthalben im Überflusse zu finden, aber nun war der Frühling erst seit wenigen Tagen angebrochen; ich traf zwar allenthalben auf Weinreben, Pfirsich- und Pflaumenbäume, deren Früchte mir als die köstlichsten geschildert waren und die ich in der Tat später so gefunden, aber für mich hatten sie kaum abgeblüht. Auch Wild sah ich vorbeischießen, aber ohne Gewehr stand ich inmitten des reichsten Landes der Erde, vielleicht, ja wahrscheinlich dem Hungertode preisgegeben. Der entsetzliche Gedanke kam jedoch nicht in folgerechter Ordnung, wie ich ihn hier entwickle – er schoss mir vielmehr verwirrt, verdumpfend und doch wieder so blitzartig durch das Gehirn; jedes Mal wenn er mich durchzuckte, fühlte ich einen Stich, der mir Krämpfe und Schmerzen verursachte. Doch kamen auch wieder tröstendere Gedanken. Ich war ja bereits vier Wochen im Lande, hatte einen großen Teil desselben in jeder Richtung durchstreift, diese Streifereien waren alle durch Prärien gegangen! – Natürlich, denn das ganze Land war ja eine Prärie, und dann hatte ich meinen Kompass und war immer in Gesellschaft. Dies hatte mich auch sicher gemacht, sodass ich stupiderweise nun, gegen jede Mahnung und Warnung taub, wie toll der wilden Bestie nachgejagt, uneingedenk, dass vier Wochen kaum hinreichten, mich im Umkreise von zwanzig Meilen, viel weniger in einem Lande, dreimal größer als der Staat New York, zu orientieren. Immerhin tröstete ich mich doch noch; von der eigentlichen Größe der Gefahr hatte ich noch immer keinen deutlichen Begriff; die Blitzfunken eines sanguinischen Temperamentes zuckten denn doch noch häufig, ja oft trotzig hervor. Ich hielt es für unmöglich, mich in den wenigen Stunden so gänzlich verirrt zu haben, dass nicht Mister Neal oder seine Neger meine Spur einholen sollten. Auch die Sonne, die jetzt hinter den dunstumflorten Inseln im Nordwesten unterging, die Dämmerung hereinbrechen ließ, beruhigte mich wieder wunderbar. Ein seltsamer Beruhigungsgrund! Häuslich erzogen und von Kindesbeinen an Ordnung gewöhnt, war es mir zur Regel geworden, nachts zu Hause oder wenigstens unter Obdach zu sein. So sehr hatte sich diese Gewohnheit mit meinem ganzen Dasein verschwistert, dass es mir absolut unmöglich erschien, die Nacht hindurch ohne Obdach zu bleiben. So fix wurde die Idee, dieses Obdach sei in der Nähe, dass ich meinem Mustang unwillkürlich die Sporen gab, fest überzeugt, das Haus Mister Neals in der Dämmerung auftauchen, die Lichter herüberschimmern zu sehen. Jeden Augenblick glaubte ich das Bellen der Hunde, das Gebrülle der Rinder, das Lachen der Kinder hören zu müssen. Wirklich sah ich auch jetzt das Haus vor mir, meine Fantasie ließ mich deutlich die Lichter im Parlour sehen; ich ritt hastiger, aber als ich endlich dem, was Haus sein sollte, näher kam, wurde es wieder zur Insel. Was ich für Lichter gehalten, waren Feuerkäfer, die mir in Klumpen aus der düstern Nacht der Insel entgegenglänzten, nun in dem auch über die Prärie hereinbrechenden Dunkel auf allen Seiten ihre blauen Flämmchen leuchten ließen, bald so hell leuchten ließen, dass ich wie auf einem bengalischen Feuersee mich herumtreibend wähnte. Etwas die Sinne mehr Verwirrendes lässt sich schwerlich denken, als ein solcher Ritt in einer warmen Märznacht durch die endlos einsame Prärie. Über mir das tief dunkelblaue Firmament mit seinem hell funkelnden Sternenheere, zu den Füßen ein Ozean magischen Lichtes, Millionen von Leuchtkäferchen entstrahlend! – Es war mir eine neue, verzauberte Welt. Jedes Gras, jede Blume, jeden Baum konnte ich unterscheiden, aber auch jedes Gras, jede Blume erschien in einem magisch übersinnlichen Lichte. Prärierosen und Tuberosen, Dahlien und Astern, Geranien und Weinranken begannen sich zu regen, zu bewegen, zum Reigen zu ordnen. Die ganze Blumen- und Pflanzenwelt begann um mich herum zu tanzen. – Auf einmal schallte ein laut langgezogener Ton aus dem Feuermeere zu mir herüber. Ich hielt an, horchte, schaute verwirrt um mich. Nichts war mehr zu hören. Wieder ritt ich weiter. Abermals der langgezogene Ton, diesmal aber melancholisch klagend. Wieder hielt ich an, wieder ritt ich weiter. Jetzt ließen sich die Klagelaute ein drittes Mal hören. Sie kamen aus einer Insel, von einer Whippoorwill, sie sang ihr Nachtlied. Wie sie das vierte Mal ihr Whippoorwill in die flammende Nacht hinausklagte, antwortete ihr eine mutwillige Katydid. Oh, wie ich da aufjauchzte, die Nachtsänger meines teuren Maryland zu hören! In dem Augenblicke standen das teure Vaterhaus, die Negerhütten, die heimatliche Pflanzung vor mir. Ich hörte das Gemurmel der Creek, die an den Negerhütten vorbeiplätscherte. So überwältigend war die Täuschung, der ich mich nicht hingab, nein, die mich hinriss, dass ich meinem Mustang die Sporen gab, fest überzeugt, das Vaterhaus liege vor mir. Auch ähnelte die Insel, aus welcher der Nachtgesang herüberkam, in dem magischen Zauberlichte den Waldsäumen, die meines Vaters Haus umgaben, so täuschend, dass ich wohl eine halbe Stunde ritt, dann aber hielt und abstieg und Charon Tommy rief. Charon Tommy war der Fährmann. Die Creek, die durch die väterliche Pflanzung floss, war tief und nur wenige Monate im Jahre übersetzbar. Charon Tommy hatte von mir seine klassische Taufe erhalten. Ich rief ein, zwei, ein drittes, ein viertes Mal – kein Charon Tommy antwortete. Erst nachdem ich oftmals vergebens gerufen, erwachte ich.

Ein süßer Traum, ein schmerzliches Erwachen! Die Gefühle zu beschreiben, die sich meiner bemächtigten, ist nicht möglich. Alles lag so dumpf, so sinneverwirrend auf mir, das Gehirn schien sich mir im Kopfe, der Kopf auf dem Rumpfe umherzudrehen. Ich war nicht so müde und matt, so hungrig und durstig, dass ich eine Abnahme meiner Kräfte gefühlt hätte; aber die Angst, die Furcht, die wunderbaren Erscheinungen, sie brachten einen Schwindel, einen Taumel über mich, der mich wie einen Nachtwandler umhertrieb. Absolut keines Gedankens mehr fähig, stand und starrte ich in die blaue Flammenwelt hinein, wie lange, weiß ich nicht. Mechanisch tat ich endlich, was ich während meines vierwöchigen Aufenthaltes im Lande andere tun gesehen, grub nämlich mit meinem Taschenmesser, das ich glücklicherweise bei mir hatte, ein Loch in den schwarzen Wiesenboden, legte das Lassoende hinein, stampfte das Loch wieder zu; nachdem ich die Schlinge dem Tiere über den Kopf geworfen und ihm Sattel und Zaum abgenommen, ließ ich es weiden, mich außerhalb des Kreises, den es beschreiben konnte, niederlegend. Eine etwas seltene Art, die Pferde zu sichern, werden Sie sagen, aber immerhin die natürlichste und bequemste in einem Lande, wo Sie oft fünfzig Meilen im Umkreise kein Haus und fünfundzwanzig weder Strauch noch Baum sehen.

Schlafen ließ es mich jedoch nicht, denn von mehreren Seiten ließ sich ein Geheul vernehmen, das ich bald als das von Wölfen und Jaguaren erkannte - wahrlich, nirgendwo eine sehr angenehme Nachtmusik, hier aber in diesem Feuerozeane, dieser rätselhaften Zauberwelt, klang dieses Geheul so entsetzlich, dass es mir durch Mark und Knochen schallte, ich wahnsinnig zu werden befürchtete. Meine Fibern und Nerven waren in Aufruhr, und ich weiß in der Tat nicht, was aus mir geworden wäre, wenn ich mich nicht glücklicherweise besonnen, dass mir ja meine Zigarrenbüchse und ein Röllchen Virginia-Dulzissimus treu geblieben – unbezahlbare Schätze in diesem Augenblicke, die auch nicht verfehlten, meine trübe Fantasie wieder heiterer zu stimmen.

Wahrlich, wenn der herrlich ritterliche Sir Walter kein anderes Verdienst um die Menschheit gehabt hätte, dieses allein sollte ihn allen jugendlichen Abenteurern für ewige Zeiten zum Patron heiligen! Ein paar Havannas – ich hatte natürlich – ein ziemlich starker Raucher – das Feuerzeug bei mir – brachten einen wohltätigen Rausch über mich, in dem ich endlich doch entschlummerte. Der Tag war schon angebrochen, als ich erwachte. Mit den Träumen waren auch die trüben Gedanken verschwunden; ich fühlte scharfen Appetit, aber mich doch noch frisch und munter. Nüchtern, wie ich war, beschloss ich, auch nüchtern die Richtung, die ich zu nehmen hätte, zu erwägen, legte vor allem den Sattel, den Zaum an, grub den Knoten aus dem Loche, brachte den Lasso in Ordnung und bestieg dann meinen Mustang. Ein neckender Geist hatte einen ganzen Tag seine Possen mit mir getrieben, mich meine Unbesonnenheit büßen lassen; dafür, hoffte ich, würde er mir heute gnädiger mitspielen, den Scherz nicht zu sehr Ernst werden lassen. Ich hoffte so, und in dieser Hoffnung begann ich meinen Ritt.

Ich kam an mehreren wunderschönen Inseln, den herrlichsten Pekans-, Pflaumen-, Pfirsichbauminseln vorbei. Es haben aber diese Inseln, sowie überhaupt die Wälder in Texas das Eigentümliche, dass ihre Baumarten nicht gemischt, sondern gewöhnlich ganz rein in ihren Baumschlägen sind. Selten treffen Sie eine Insel mit zweierlei Baumschlägen. Wie die verschiedenen Tiere des Waldes sich zueinander halten, so halten sich hier Lebenseichen zu Lebenseichen, Pflaumen zu Pflaumen, Pekans zu Pekans – nur die Rebe ist allen gemeinsam. Sie verwebt, verschlingt sie alle mit ihren zarten und doch kräftigen Banden. Mehrere dieser herrlichen Inseln betrat ich. Da sie nie sehr groß und weder Gesträuch noch Gestrüpp, stets aber das herrlichste Grün zum Fußteppich haben, so erscheinen sie so frisch, so rein, dass ich mich bei jedem solchen Eintritt auch immer verwundert umschaute. Es schien mir unmöglich, dass die sich selbst überlassene Natur so unglaublich rein sich erhalten sollte – unwillkürlich schaute ich mich um nach der Hand des Menschen, des Künstlers, sah aber nichts als Rudel von Hirschen, die mich mit ihren treuen Augen unschuldig naiv anschauten und erst, wenn ich näher kam, ausbrachen. Was hätte ich jetzt für ein Lot Pulver, eine Unze Blei und eine Kentucky-Rifle gegeben! Immerhin heiterte mich der Anblick der Tiere auf, gab mir wieder eine gewisse Springkraft, eine Körper- und Geistesfrische, die mich ordentlich trieb, den Tieren nachzujagen. Auch mein Mustang schien etwas Ähnliches zu verspüren, er tanzte dann immer mehr mit mir, als er ging, wieherte frisch und munter in den Morgen hinein.

So ritt ich denn getrost weiter, Stunde auf Stunde. Der Morgen verging, Mittag kam heran, die Sonne stand hoch oben am wolkenlosen Himmel; der Appetit begann sich nun stärker zu melden, bald zum wahren Heißhunger zu werden, der schneidend in mir nagte. Ein gewisses Zehren in den Eingeweiden, ein krebsartiges Nagen, das allmählich eine schmerzlich peinigende Empfindung aufregte. Ich spürte die Fühlhörner, die Zangen, wie sie in meinen Eingeweiden herumwühlten, die zartesten Teile meines Lebensprinzipes angriffen. Auch meine Kräfte, am Morgen beim Erwachen so frisch lebendig, fühlte ich zusehends abnehmen, eine gewisse Squeamishness, Geschmacklosigkeit, Ermattung über mich kommen.

Nagte jedoch der Hunger peinigend, so quälte mich der Durst folternd. Dieser Durst war wirklich eine folternde, eine höllische Empfindung, doch hielt er, so wie der Hunger, nie lange an; auch die Mattigkeit verging wieder, und es kam jedes Mal nach einem solchen Anfalle wieder eine Pause, während welcher ich mich recht leidlich fühlte. Die dreißig oder mehr Stunden, die ich nichts zu mir genommen, hatten meine von Natur starken Nerven mehr an- als abgespannt; – aber doch begann mir klar zu werden, dass dieses wiederholte Anspannen nicht lange mehr währen könne, ohne mich auch abzuspannen, denn bereits meldeten sich die Vorboten. Die Zuversicht und Besonnenheit, die mich im Ganzen genommen doch noch immer aufrechterhalten, begannen zu schwinden, eine gewisse Verzagtheit, Geistesabwesenheit sich dafür einzustellen, in der mich so entsetzlich unbestimmte Traumbilder umschwirrten, dass mir die Sinne wirre wurden, ich wie ein Betrunkener von meinem Mustang herabhing. – Solche Vorboten, halbe Ohnmachten, währten bis jetzt zwar nicht lange, immer kam ich wieder zu mir, gab dann dem Tiere die Sporen und eilte wieder rascher vorwärts. Aber die qualvolle Empfindung, das entsetzliche Bewusstsein der Verlassenheit, die mich bei einem solchen Erwachen jedes Mal durchdrang! Wie ich dann so hastig, gierig, halb wahnsinnig herumstierte – schaute, mir beinahe die Augen ausschaute, und doch nichts erschaute als den ewigen und ewigen Ozean von Gräsern und Inseln!

Diese Empfindungen zu schildern!

Ich war oft der Verzweiflung nahe, meine Angst so entsetzlich, dass ich wie ein Kind weinte, ja betete. Ja, zu beten begann ich jetzt, und seltsam, wie ich das Gebet des Herrn anfing, war es mir, als ob eine Stimme mir zuriefe, vorwürfe, warum ich mich nicht früher an ihn gewendet, der allein hier helfen könne? Ich betete nun so hastig, flehte so inbrünstig, in meinem Leben habe ich nicht so heiß gefleht. Auch kam, wie ich jetzt nach diesem Gebete meine Augen zu ihm erhob, der in dieser seiner herrlichen Welt so sichtbar thronte, eine Zuversicht über mich, eine unbeschreiblich fromme, kindliche Zuversicht! Es war mir, als müsste ich erhört werden. Ich fühlte so gewiss, dass ich ganz getrost auf- und umherschaute, überzeugt, zu finden, was ich suche. – Und wie ich so schaue, denken Sie sich mein unaussprechliches Erstaunen, Entzücken! Erschaue ich ganz in der Nähe, keine zehn Schritte, Pferd- und Reiterspuren. Bei dieser Entdeckung entfuhr mir ein Freudenschrei, der mir geradezu in die Himmel als Jubeldank für mein erhörtes Gebet dringen zu müssen schien. Es durchfuhr mich wie ein elektrischer Funke. Meine ganze Kraft und Zuversicht waren auf einmal wiedergekehrt. Es trieb mich, vom Pferde zu springen, die Erde, die diese Spuren trug, zu küssen. Freudentränen rollten mir aus den Augen, über die Wangen, wie ich nun jubelnd meinem Tiere die Zügel schießen ließ und mit einer Hast davonritt, als ob die Geliebte meines Herzens mir vom Ziele herüberwinkte.

Nie hatte ich gegen die Vorsehung so dankbar gefühlt als in dieser Stunde. Während ich ritt, betete ich, und während ich betete, trat mir wieder die Größe meines Schöpfers so siegend aus seinen herrlichen Werken vor Augen! Ich öffnete sie jetzt weiter denn je, um mich ganz von ihm und seiner herrlichen Natur durchdringen zu lassen. – Wohl herrlichen Natur! Der Mensch, der auf diesem Boden steht und nicht von der Größe und Allmacht seines Schöpfers durchdrungen wird, der muss Tier, ganz Tier sein. Der Gott Moses', der aus dem glühenden Dornbusche sprach, ist ein Kindergott gegen den Gott, der hier allgreifend vor die Augen tritt, klar greiflich aus dieser unermesslichen Wiesen-, Insel- und Baumwelt vor Augen tritt. Nie zuvor war er mir so groß vorgekommen. Ich erschaute ihn so klar, ich glaubte ihn greifen zu können, seine Stimme tönte mir in die Ohren, seine Herrlichkeit durchdrang mich, erfüllte meine Seele mit einem süßen Rausche, der etwas von Verzückung an sich hatte. Nun ich das Ende meiner Pein, meine Rettung mit Gewissheit voraussah, wollte ich mich gleichsam zum Abschiede noch letzen mit ihm und seinem herrlichen Werke. Es lag so grandios vor mir, so ruhig, so ozeanartig mit seinen Hunderte von Meilen in jeder Richtung hinwogenden Gräsern, den schwankend schwimmenden Inseln, die in den goldenen Strahlen der Nachmittagssonne wirklich schwebend und schwimmend erschienen, während wieder hinten und seitwärts wogende Blumenfelder, in den fernen Äther hinaufschwellend, Himmel und Erde in eine und dieselbe Glorie verschmolzen. So bot sich die Prärie gegen Westen dem Auge dar. Gegen Süden erschien sie womöglich noch zauberischer. Lichte, golden und blau gewirkte Schleier umhingen da die entfernteren Inselgruppen, ihnen zeitweilig ein dunkles Bronzekolorit verleihend, das wieder in der nächsten Minute durch einen leichten Luftzug in die hellste Farbenpracht aufflammte. Wie siegend brachen bei jedem solchen Luftzuge die Strahlen der Sonne durch, diese himmlischen Schleier, und die kolossalen Baummassen schienen mit dem Luftstrome heranzuschwimmen, zu tanzen durch die unglaublich transparente Atmosphäre. Ein unbeschreiblich glorioser Anblick! Vor mir der endlose Wiesen- und Blumenteppich mit seinen Myriaden von Prärierosen, Tuberosen und Mimosen, dieser so lieblich, sinnig zarten Pflanze, die, sowie ihr in ihre Nähe kommt, mit ihren Stängeln und Blättern sich aufrichtet, euch gleichsam anschaut und dann zurückschrickt, so sichtbar zurückschrickt, dass ihr staunend anhaltet und schaut, gerade als ob ihr erwartet, sie würde euch klagen, diese seltsame Pflanze! Ehe die Hufe meines Mustangs oder seine Füße sie berührten, schrak sie schon zurück; in der Entfernung von fünf Schritten sah ich sie schon aufzucken, mich gleichsam scheu, verschämt, vorwurfsvoll anblicken und dann zusammenschrecken. Der Stoß nämlich, den der Pferde- oder Menschentritt verursacht, wird der Pflanze durch ihre langen, horizontal liegenden Wurzeln mitgeteilt, die, erschüttert, auch Stängel und Blätter zucken machen. Ein wirklich seltsames Zusammenzucken – Schrecken! Erst wenn wir eine Strecke geritten, erhebt sie sich wieder, aber zitternd und bebend und ganz wie eine holde Jungfrau, die, durch eine rohe Hand betastet, auch bestürzt und errötend das Köpfchen, die Arme sinken lässt, sie erst, wenn der Rohe gegangen, wieder erhebt.

In einer Lage, wie die war, in der ich mich befand, ist man eigentümlich weich und empfindsam gestimmt. Unsere Roastbeefs, glauben Sie mir, tragen viel dazu bei, uns mit ihrem Fleische und Safte auch halb und halb die dicke Haut der vierfüßigen Tiere, von denen sie stammen, beizulegen. Aber nun hatte ich die vierzig oder mehr Stunden weder Roastbeef noch sonst etwas Genießbares über die Zunge gebracht, und daher denn auch die zarten, frommen Empfindungen. Sie sind wieder großenteils späteren Eindrücken gewichen, bis auf eine, die ich eine Offenbarung meines Gottes nennen möchte und die mich durchdrang, um nimmermehr zu weichen. Ich habe mir, so mag ich wohl sagen, einen neuen, einen lebendigen Gott gewonnen, einen Gott, den ich früher nicht kannte, denn mein früherer Gott war der Gott meines Predigers; der, den ich in der Prärie kennengelernt, ist aber mein eigener Gott, mein Schöpfer, der sich mir in der Herrlichkeit seiner Werke geoffenbart, der mir von dieser Stunde an vor Augen stand und stehen wird, solange Odem in mir ist.

Doch zurückzukehren zu meiner glücklich gefundenen Spur, so ritt ich und ritt wohl eine Stunde, als ich plötzlich mir zur Seite eine zweite Spur erschaute. Sie lief in paralleler Richtung mit der, welcher ich folgte. – Wäre es möglich gewesen, meinen Jubel zu erhöhen, so würde diese gefundene zweite Spur es bewirkt haben; so stärkte sie bloß meine Zuversicht. Jetzt schien es mir unmöglich, nicht den Ausweg aus dieser entsetzlichen Prärie zu finden. Zwar fiel es mir als einigermaßen sonderbar auf, dass zwei Reiter in dieser endlosen Wiese zusammengetroffen, ihren Weg fortgesetzt haben sollten; aber die beiden Pferdespuren waren einmal da, liefen traulich nebeneinander, setzten ihr Dagewesensein außer allen Zweifel. Auch zeigte ihre Frische, dass sie nicht vor langer Zeit durchgeritten sein konnten. Vielleicht dass es noch möglich war, sie einzuholen? Der Gedanke trieb mich zur größtmöglichen Eile. Ich ritt, was mein Mustang nur durch die ellenhohen Gräser und Blumen traben konnte; aber obwohl ich nun eine, zwei, ja drei Stunden wieder scharf ritt, Reiter bekam ich doch keine zu sehen. Zehn Meilen konnte ich ringsum überschauen, aber nirgends etwas Reiterähnliches! Zwar lagen einige Inseln vor mir, aus einer dieser Inseln glänzte mir ein ähnliches Silberphänomen wie das, welches ich den vergangenen Tag gesehen, entgegen; aber jetzt zog mich kein Phänomenglanz mehr an. Um einen der Reiter hätte ich alle Phänomene, alle Silberwerke der Erde gegeben. Zuletzt musste ich doch auf sie treffen, denn die Spuren lagen vor mir, mussten zu ihnen führen, wenn – ich sie nur nicht verlor? Dass dieses Unglück mir nicht begegne, war meine größte Sorge. Alle meine Geisteskräfte im Auge konzentriert, ritt ich nun Schritt für Schritt. – So verging wieder eine Stunde – eine zweite – der Nachmittag wandte sich dem Abend zu – die Spuren liefen immer noch fort, das tröstete mich. Zwar begannen jetzt meine Kräfte zusehends abzunehmen – ich mich merkbar matter zu fühlen, das krebsartige Nagen kam heftiger, der Mund wurde mir faul, geschmacklos, das Innere kalt, der Magen schlaff, die Glieder wurden schwer, das Blut fühlte kalt in den Adern; – die Anwandlungen von

Ohnmacht meldeten sich häufiger, stärker; aber eigentlichen Hunger und Durst fühlte ich nicht mehr an diesem zweiten Nachmittage, nur, wie bemerkt, eine starke Abnahme der Kräfte, und mit dieser stellte sich eine Schwäche aller Organe, aller Sinne ein, die mich mit neuem Schrecken erfüllte. Es wurde mir trübe vor den Augen, dumpf um die Ohren, der Zaum begann mir kalt und schwer zwischen den Fingern zu liegen, in den Gliedern wurde eine gewisse schmerzhafte Empfindsamkeit fühlbar, es war mir, als ob Nacht über mich, mein Sein hereinbräche.

Immer ritt ich jedoch fort und fort. Endlich musste ich doch auf einen Ausweg stoßen, die Prärie irgendwo ein Ende haben. Freilich war das ganze südliche Texas eine Prärie, aber doch hatte diese Prärie wieder Flüsse, und in der Nähe dieser Flüsse musste ich auf Ansiedelungen stoßen; ich durfte nur dem Laufe eines dieser Flüsse fünf oder sechs Meilen folgen und war gewiss, auf Häuser und Pflanzungen zu treffen. Wie ich so mich tröstend fortritt und schaute und abermals schaute, ob denn noch keiner der Reiter zu sehen, gewahre ich plötzlich eine dritte Pferdespur, in der Tat und Wahrheit eine dritte Pferdespur, die wieder parallel mit den zweien, denen ich nachritt, fortlief. Nun waren meine seit einigen Stunden gesunkenen Hoffnungen plötzlich wieder neu belebt. Jetzt konnte es mir doch gewiss nicht mehr fehlen; drei Reiter mussten eine bestimmte, zu irgendeinem Ziele führende Richtung genommen haben; welche, war mir gleichviel, wenn sie nur zu Menschen führte. Zu Menschen, zu Menschen! Rief ich jauchzend, meinen Mustang zu erneuerter Eile antreibend.

Die Sonne sank das zweite Mal hinter den hohen Baumwipfeln der westlichen Inseln hinab; – die in diesen südlichen Breitegraden so schnell einbrechende Nacht brach abermals herein; – von den drei Reitern aber – war noch immer nichts zu sehen. Ich fürchtete, in der so schnell überhandnehmenden Dunkelheit die Spuren zu verlieren, hielt daher, als die Dämmerung in Nacht zu verschwimmen begann, vor einer Insel an, schlang das eine Ende des Lasso um einen Baumast, die Schlinge um den Hals des Pferdes und warf mich dann ins Gras.

Rauchen konnte ich nicht mehr, die Zigarren schmeckten mir so wenig als der Dulzissimus, schlafen konnte ich ebenso wenig. Kam auch zuweilen der Schlummer, so wurde er jedes Mal durch krampfhaftes Auf- und Zusammenschrecken unterbrochen. – Es gibt nichts Grässlicheres, als, matt und schwach und von Hunger und Durst gefoltert und zernagt, nach Schlaf zu ringen, und doch nicht schlafen zu können! Es war mir, als ob zwanzig Zangen und Marterwerkzeuge in meinem Innern wüteten. Solange die Bewegung zu Pferde angehalten, hatte ich diese Pein weniger gespürt, aber jetzt wurde sie wahrhaft furchtbar. Zugleich spielten so grässliche Phantome um mich herum! – Ich werde diese Nacht alle Tage meines Lebens nicht vergessen.

Kaum war die Morgendämmerung angebrochen, so raffte ich mich auch wieder auf; aber es dauerte lange, ehe ich den Mustang gerüstet hatte. Der Sattel war mir so schwer geworden, dass ich ihn nur mit Mühe dem Tiere auf den Rücken hob; sonst warf ich ihn mit zwei Fingern auf, jetzt vermochte ich es kaum mit Anstrengung aller meiner Kräfte. Noch größere Mühe kostete es mich, den Gurt zu befestigen; doch kam ich endlich zustande und bestieg abermals mein Tier, die Spur so rasch verfolgend, als es uns beiden nur möglich war. Mein Mustang war – wie Sie leicht denken mögen, von dem achtundvierzigstündigen Ritte gleich stark mitgenommen, ein Glück übrigens für mich, denn frisch und munter hätte er mich bei dem ersten Seitensprunge abgeworfen. Selbst jetzt vermochte ich mich kaum mehr im Sattel zu halten, hing wie ein Automat von dem Rücken des Tieres herab, das weder um Sporen noch Zügel sich mehr viel kümmern zu wollen schien.

So mochte ich wieder eine oder zwei Stunden geritten sein, als ich plötzlich und zu meinem größten Schrecken die drei Pferdespuren – verschwunden sah. Ich schaute, ich starrte; mein Schrecken wurde zum Entsetzen, aber sie waren und blieben verschwunden. Noch immer traute ich meinen Augen nicht. Ich schaute, prüfte nochmals, ritt zurück, wieder vorwärts, schaute auf allen Seiten, prüfte aufmerksam, nahm, wie wir zu sagen pflegen, alle Geisteskräfte im Sehorgane zusammen – aber sie waren und blieben verschwunden. Sie kamen bis auf den Punkt, wo ich hielt, hier aber hörten sie auf; auch nicht die geringste Spur weiter. Bis hierher waren die Reiter gekommen und keinen Schritt weiter. Sie mussten hier gelagert haben, denn ich fand das Gras in einem Umkreise von fünfzig bis sechzig Fuß zertreten. Wie ich so schaue, gewahre ich etwas Weißes im Grase. Ich steige ab, gehe darauf zu, hebe es auf. Gott im Himmel! Es war das Papier, in das ich meinen Virginia-Dulzissimus gewickelt, das ich die letzte Nacht weggeworfen! Ich war auf derselben Stelle, wo ich übernachtet, war also meiner eigenen Spur nachgeritten, im Zirkel herumgeritten!

Ich stand wie vernichtet, keines Gedankens mehr fähig. So hatte mich die grässliche Entdeckung niedergeschmettert, dass ich wie ein Klotz in dumpfer Verzweiflung neben meinem Mustang niedersank, nichts wünschend, als so schnell wie möglich zu sterben. – Ein Schlag vor den Kopf, der mich aus der Welt gefördert, wäre mir jetzt als die größte Wohltat erschienen.

Wie lange ich lag, weiß ich nicht. Lange musste es gewesen sein, denn als ich mich endlich doch wieder aufraffte, war die Sonne tief am westlichen Himmel herabgesunken. Ich verwünschte sie jetzt samt der Prärie und war so wild! – Wäre ich bei Kräften gewesen, ich hätte sehr wild getan, aber ein dreitägiges Fasten in einer Prärie zähmt jede, auch die exorbitanteste Wildheit, versichere Sie. Ich war nicht nur körperlich, sondern auch geistig so reduziert, dass ich weder Flüche, noch einen andern Gedanken festzuhalten vermochte, mir absolut nicht erklären konnte, wie es gekommen, dass ich meiner eigenen Spur nachgeritten. Später wurde mir dieses freilich klar. Was ich für fremde Reiterspuren gehalten, waren meine eigenen gewesen. Ohne Landmarke, ohne Wegweiser war ich im Zirkel herum – und während ich vorwärts zu kommen glaubte, rückwärts geritten. Ich war, wie ich später erfuhr, in der Jacinto-Prärie, einer der schönsten von Texas, an die siebzig Meilen lang und breit, ein wahres Eden, die auch das mit dem Paradiese gemein hat, dass sie so leicht verführt. Selbst erfahrene Jäger wagten sich nicht so leicht ohne Kompass in diese von Menschen kaum noch betretene Wiesen- und Inselwelt. Wie hätte ich mich also zurechtfinden sollen, ein soeben vom Kollegium gekommener, zweiundzwanzigjähriger, unerfahrener Frischling! Meine Lage war in der Tat grässlich. So ganz hatte mir die furchtbare Entdeckung die Kraft geraubt, dass ich mich nur mit vieler Anstrengung auf dem Rücken meines Tieres hielt, mich ihm absolut willen-, ja kraftlos überließ. Was jetzt noch kam, war mir gleichgültig. Den Zaum um die Hand gewunden, klammerte ich mich so stark, als ich es vermochte, an Sattel und Mähne, das Tier in Frieden gehen lassend. Hätte ich es doch früher getan! Wahrscheinlich wäre ich dann nicht in diese äußerste Not geraten, der Instinkt würde das Tier zweifelsohne einer Pflanzung zugeführt haben. Das ist jedoch das Eigentümliche unserer Unbesonnenheiten, dass die erste immer ein ganzes Heer anderer nach sich zieht, so unaufhaltsam nach sich zieht, dass man gar nicht mehr zu einer ruhigen, leidenschaftslosen Anschauung kommen kann. – Die erste Unbesonnenheit begangen, war ich kopflos wie ein wahrer Tor herumgeritten, und doch! Käme heute ein anderer in meine Lage, hundert wollte ich gegen eins wetten, er zöge sich nicht besser aus der Teufelei.

Nur so viel weiß ich mich von diesen entsetzlichen Stunden her noch zu erinnern, dass mein Mustang einige Mal in der Luft herumschnupperte, dann aber eine entgegengesetzte Richtung, und zwar so rasch einschlug, dass ich nur mit größter Mühe mich in dem Sattel zu behaupten vermochte; denn jetzt schmerzten alle meine Glieder so furchtbar, dass jeder Tritt des Tieres mir zur wahren Folter wurde, ich oft in Versuchung kam, Knopf und Mähne fahren und mich herabsinken zu lassen. Wie lange ich so herumgeschleppt ward, weiß ich nicht, noch, wie ich bei einbrechender Nacht von dem Rücken des Tieres kam. Wahrscheinlich verdankte ich es dem Lasso, dass es so geduldig mit mir umsprang. – Wie ich die Nacht zugebracht, das mag der Himmel wissen. Ich war keines Gedankens mehr fähig, ja, wenn ich einen zu fassen versuchte, zuckte es mir so schmerzlich durch das Gehirn, als ob eine Zange darin herumwühlte. Alles tat mir weh, die Glieder, die Organe, mein ganzer Körper. Ich war wie auf dem Rade zerbrochen. Meine Hände waren abgemagert, meine Wangen eingefallen, meine Augen lagen tief in den Höhlen; wenn ich mir so im Gesichte herumfühlte, entfuhr mir immer ein idiotisches, halb wahnsinniges Lachen – ich war in der Tat dem Wahnsinn nahe. – Des Morgens, als ich aufstand, vermochte ich kaum mich auf den Füßen zu erhalten, so hatten mich der viertägige Ritt, die Anstrengung, Angst und Verzweiflung heruntergebracht. Man behauptet, der gesunde Mann könne neun Tage ohne Nahrung aushalten; vielleicht kann er es in einer Stube oder einem Gefängnisse, aber sicher nicht in einer Texas-Prärie. Ich bin überzeugt, den fünften Tag hätte ich nicht überstanden. Wie ich auf den Rücken meines Mustangs kam, ist mir noch heute ein Rätsel; wahrscheinlich hatte er, ermüdet, sich gelagert und war so mit mir, der ich mich in den Sattel einsetzte, aufgestanden. Sonst wüsste ich wahrhaftig nicht, wie ich hinaufgekommen; aber hinaufkam ich, dank dem Lasso, den ich instinktartig, wie der Ertrinkende, keinen Augenblick aus der Hand gelassen. Jetzt verschwamm alles so chaotisch vor meinen Augen, dass es Momente gab, wo ich mich nicht mehr auf dieser Erde wähnte. Ich sah die herrlichsten Städte, wie sie die Fantasie des genialsten Malers nicht grandioser hervorzuzaubern vermag, mit Türmen, Kuppeln, Säulenhallen, die bis zu den Sternen hinaufreichten; wieder die schönsten Seen, statt mit Wasser, mit flüssigem Golde und Silber gefüllt; Gärten, in den Lüften schwebend, mit den lockendsten Blumen und Bäumen, mit den herrlichsten Früchten; – aber ich vermochte es nicht mehr, auch nur die Hand nach diesen lüsternen Früchten auszustrecken, so schwer waren mir alle meine Glieder geworden. Jeder Schritt des Tieres verursachte mir jetzt die grässlichsten Schmerzen; die geringste Bewegung, Erschütterung wurde zur wahren Qual; die Eingeweide brannten mir wie glühende Kohlen, es riss darin herum, als wenn Skorpione da wühlten; Gaumen und Zunge waren vertrocknet, die Lungenflügel wie verschrumpft, während die Hände, die Füße zu fühlen waren, als ob sie nicht mehr Teile meines Körpers, nein, fremdartige, mir angesetzte Marterwerkzeuge wären.

Bloß so viel weiß ich mich noch dunkel zu entsinnen, dass es mir plötzlich an den Kopf, um die Ohren schlug – ob wirklich Schläge, ob Laute oder Töne, kann ich nicht sagen; es war etwas wie Gestöhne, das ich zu hören glaubte, ein Röcheln, das mir dumpf in die Ohren drang, vielleicht mein eigenes, vielleicht auch fremdes. – Sinne und Bewusstsein hatten mich nun beinahe gänzlich verlassen. Nur sehr dunkel schwebt es mir vor, als wenn ich an Blätter und Zweige gestreift, denn es sauste mir in den Ohren wie Knacken, Brechen der Äste – auch hielt ich mit der letzten Kraft an etwas – was es war, ob

Sattel, ob Mähne oder sonst etwas, weiß ich gleichfalls nicht; dieser Halt entfuhr mir, die Kraft verließ mich – ich sank.

Ein Schlag, wie der Donner eines losgebrannten Vierundzwanzigpfünders, ein Sausen, Brausen wie das des Niagarakataraktes – ein Wirbeln, als ob ich in den Mittelpunkt der Erde hinabgerissen würde, ein Heer der gräulichsten Phantome, die von allen Seiten auf mich einstürmten, mich umkreisten, umtobten! – Und dann eine Musik wie aus höheren Sphären, glänzende Lichtgestalten, ein sich vor meinen Blicken öffnendes Elysium!

Wieder ein schmerzlicher Stich, der mir siedend, glühend durch die Kehle, die Eingeweide brannte, mich wie in lichterlohen Flammen auflodernd fühlen ließ. Etwas, als ob der entwichene Lebensfunke wieder zurückkehrte, die Lungenflügel sich öffneten, als ob es heiß durch die Glieder und Adern quirle, mir in Kopf und Augen dränge. Sie öffneten sich.

Ich schaute auf, um mich.

Ich lag auf der Rasenbank eines schmalen, aber tiefen Flusses. Mir zur Seite stand mein Mustang, neben diesem ein Mann, der, die Arme gekreuzt, eine strohumflochtene Weidmannsflasche in der Hand hielt. Mehr konnte ich nicht wahrnehmen, denn ich war zu schwach, mich aufzurichten. In meinen Eingeweiden brannte es wie höllisches Feuer. Die Kleider, die mir nass am Leibe klebten, waren ein wahres Labsal.

›Wo bin ich?‹ röchelte ich.

›Wo Ihr seid? Fremdling! Wo Ihr seid? Am Jacinto, und dass Ihr *am* – und nicht *im* Jacinto seid, rechne ich, ist nicht Eure Schuld – D– –n it! Sie ists nicht. Seid aber am Jacinto, und aufm – wenn auch nicht im Trocknen.‹

Des Mannes höhnisch feindselig rohes Lachen hatte etwas so unbeschreiblich widerwärtig Zurückstoßendes, dass es mir Schmerzen in den Ohren verursachte, jedes Wort, das an die Ohrenfelle anschlug, schmerzte. Wenn mir die halbe Welt für einen freundlichen Blick geboten worden wäre – es wäre mir nicht möglich gewesen, mit solchem Grausen und Abscheu erfüllte mich dieses grässliche Hohnlachen.

War es der äußerst gereizte, im Abschnappen begriffene Zustand meiner Nerven, war es ein sonstiger Umstand, der dieses grässlich diskordante Lachen so unsäglich widerwärtig auf mich einwirken ließ, so viel kann ich mit Bestimmtheit versichern, dass, als das letzte Wort meine Ohren zerriss, mir auch der grässliche Charakter des Lachers mit einer Deutlichkeit, einer Klarheit vor Augen stand, in der ich in meinem ganzen Leben keinen Charakter, selbst die längst bekannten, befreundeten, durchschaut. Ich wusste, dass er mein Lebensretter, dass er es gewesen, der mich aus dem Flusse gezogen, in den ich köpflings über den Hals meines Mustangs gestürzt, als dieser, wütend vor Durst, über die Rasenbank in das Wasser hinabsprang; dass ich ohne ihn unfehlbar ertrunken sein musste, selbst wenn der Fluss nicht so tief gewesen wäre; dass auch er es war, der mich mit seinem Whisky aus der tödlichen Ohnmacht zum Bewusstsein zurückgebracht! – Aber wenn er mir zehn Leben gerettet hätte, ich vermochte es nicht, den unsäglichen Widerwillen zu überwinden. Es war mir nicht möglich, ihn anzusehen.

›Scheint mir, dass Euch meine Gesellschaft zweimal lieb ist?‹ grinste er mich höhnisch lauernd an.

›Eure Gesellschaft nicht lieb? Habe seit mehr als hundert Stunden keine menschliche Seele gesehen, keinen Bissen, keinen Tropfen über die Zunge gebracht.‹

›Holla! Da lügt Ihr!‹, brüllte er lachend, ›habt ja einen Mundvoll aus meiner Flasche genommen – zwar nicht eigentlich genommen, aber ihn doch den Rachen hinabgeschüttet. Und wo kommt Ihr her? Das Tier da ist nicht Eures?‹

›Mister Neals!‹ gab ich zur Antwort.

›Wessen ist es?‹, fragte er nochmals lauernd.

›Mister Neals!‹

›Sehe es am Brand. Aber wie kommt Ihr von Mister Neal her an den Jacinto? Sind gute siebzig Meilen quer über die Prärie zu Neals Pflanzung. Habt doch nicht mit seinem Mustang Reißaus genommen?‹

›Verirrt, habe seit vier Tagen keinen Bissen über die Zunge bekommen.‹

Mehr vermochte ich nicht herauszubringen. Schwäche und Abscheu verschlossen mir den Mund. Die Sprache des Mannes verriet eine Verwilderung, eine Entmenschtheit, die alles weit überstieg, was ich derart je gesehen und gehört.

›Vier Tage nichts über die Zunge gebracht, und in einer Texas-Prärie, und Inseln auf allen Seiten!‹ lachte der Mann. ›Ah, sehe es, seid ein Gentleman, sehe es wohl –

war auch ein Espèce von einem. Dachtet, unsere Texas-Prärien wären Eure Prärien in den Niederlassungen drüben oder den Staaten droben. Ha, ha!‹

›Und Ihr wusstet Euch gar nicht zu helfen?‹ lachte er wieder. ›Saht Ihr denn keine Bienen in der Luft, keine Erdbeeren auf der Erde?‹

›Bienen? Erdbeeren?‹ wiederholte ich.

›Ei, Bienen, die in hohlen Bäumen hausen; ist unter zwanzig hohlen Bäumen immer sicher einer, der voll ist, versteht Ihr, voll Honig! Und Ihr habt keine Biene gesehen? Kennt aber vielleicht die Tiere nicht, denn sie sind nicht ganz so groß wie Wildgänse oder Truthühner; aber die Erdbeeren kennt Ihr doch, wisst doch auch, dass sie nicht auf den Bäumen wachsen?‹

Alles das sprach der Mann, den Kopf halb über den Rücken zurückgeworfen, höhnisch lachend.

›Und wenn ich auch Bienen gesehen, wie hätte ich ohne Axt zu ihrem Honig kommen können – verirrt, wie ich war?‹

›Wie kam es, dass Ihr Euch verirrtet ?‹

›Mein Mustang – ausgebrochen.‹

›Verstehe, verstehe. Seid ihm nachgeritten, die Bestie hat ihren Kopf aufgesetzt, wie sie es immer tun, Euch zum Besten gehalten. Verstehe, verstehe; aber was wollt Ihr nun? Was habt Ihr vor?‹

Noch immer sprach der Mann mit halb über den Rücken geworfenem Kopfe, wie als scheue er meinen Blick.

Ich fühlte mich schwach und matt zum Sterben – dem Tode nahe:

›Zu Menschen will ich, in ein Haus, eine Herberge.‹

›Zu Menschen?‹, sprach der Mann mit einem höhnischen Lächeln, ›zu Menschen?‹, brummte er, einige Schritte seitwärts tretend.

Ich vermochte es kaum, den Kopf seitwärts zu drehen, aber die Bewegung des Mannes war mir aufgefallen, und ich zwang mich. Er hatte ein langes Messer aus dem Gürtel gezogen, das er spielend angrinste. Erst jetzt konnte ich ihn näher beschauen. Ein grässlicheres Menschenantlitz war mir nie vorgekommen. Seine Züge waren die verwildertsten, die ich je gesehen. Die blutunterlaufenen Augen rollten wie glühende Ballen in den Höhlen. Sein Wesen verriet den wütendsten innern Kampf. Er stand keine drei Sekunden still. Bald vorwärts, bald rückwärts, wieder seitwärts schießend, schien es ihm nicht Ruhe zu lassen, spielten seine Finger wie die eines Wahnsinnigen mit dem Messer. In seinem Innern ging zweifelsohne ein Kampf vor, der über mein Sein oder Nichtsein auf dieser Erde entschied. Ich war jedoch vollkommen gefasst; in meiner Lage hatte der Tod nichts Qualvolles; hing ja mein Leben selbst an einem bloßen Faden! Die Bilder der Heimat, meiner Mutter, meiner Geschwister, meines Vaters tauchten noch einmal vor meinen Augen auf, und dann wandte sich mein Blick unwillkürlich zu Dem droben! Ich betete.

Er war noch mehr zurückgetreten. Ich zwang mich, soviel ich es vermochte, und schaute ihm nach. Wie ihm meine Blicke folgten, trat mir dasselbe grandiose Phänomen, das ich am ersten Tage meiner Verirrung gesehen, abermals vor den Gesichtskreis. Die kolossale Silbermasse stand keine zweihundert Schritte vor mir. Er verschwand dahinter, kam aber nach einer Weile langsam und schwankend wieder hervor. Wie er sich mir jetzt näherte, trat mir allmählich sein Totalbild vor Augen. Er war lang und hager, aber starkknochig gebaut. Sein Gesicht, soviel der seit Wochen nicht geschorene Bart davon sehen ließ, war sonnen- und wettergebräunt, wie das eines Indianers, aber der Bart verriet weiße Abstammung. Die Augen waren jedoch und blieben grässlich, wurden es mehr, je länger man sie sah. Die Furien der Hölle schienen sich in diesen Augen umherzutreiben. Die Haare hingen ihm struppig um Stirn, Schläfe und Nacken herum. Inneres und Äußeres erschienen desperat. Um den Kopf trug er ein halbzerrissenes Sacktuch mit braunschwarzen dunklen Flecken. Sein hirschledernes Wams, seine Beinkleider und Mokassins hatten dieselben Flecken; ohne Zweifel waren es Blutflecken. Das zwei Fuß lange Jagdmesser mit grobem, hölzernem Griffe hatte er wieder in den Gürtel gesteckt, dafür aber hielt er jetzt eine Kentucky-Rifle in der Hand.

Meine Miene, meine Blicke mochten Abscheu verraten, obwohl ich mir alle Mühe gab, ruhig zu scheinen. Nach einem kurzen Seitenblicke grollte er: ›Scheint nicht, als ob Ihr viel Gefallen an meiner Gesellschaft findet. Sehe ich denn gar so desperat aus? Ist mirs denn gar so leserlich auf der Stirn geschrieben ?‹

›Was soll Euch denn auf der Stirn geschrieben sein ?‹

›Was ? Was ? – So fragt man Narren und Kinder aus.‹

›Ich will Euch ja nichts ausfragen, aber als Christ, als Landsmann bitte, beschwöre ich Euch.‹

›Christ!‹, unterbrach er mich hohnlachend. ›Landsmann!‹, schrie er, den Stutzen heftig zur Erde stoßend. ›Das ist mein Christ!‹, schrie er, diesen emporreißend und Stein und Schloss prüfend, ›der erlöst von allen Leiden, ist ein treuer Freund. Pooh! Vielleicht erlöst er auch Euch, bringt Euch zur Ruhe.‹ Die letzten Worte sprach er abgewandt, mehr zu sich. ›Machst ihn ruhig, so wie den ... Pooh! Einer mehr oder weniger. Vielleicht vertreibt der das verfluchte Gespenst.‹

Alles das war zur Rifle gesprochen.

›Verrätst mich auf alle Fälle nicht‹, fuhr er fort.

›Ein Druck!‹

Und so sagend, warf er das Gewehr vor, die Mündung in gerader Richtung gegen meine Brust.

Ich zitterte nicht, von Furcht konnte keine Rede mehr sein. An der Schwelle des Todes verliert dieser seine Schrecken; und ich war an seiner Schwelle, so sterbensschwach! Es brauchte keinen Schuss, ein leichter Schlag mit dem Kolben löschte den Lebensfunken mit einem Male aus. Ruhig, ja gleichgültig sah ich in die Mündung hinein.

›Wenn Ihr es bei Eurem Gotte, meinem und Eurem Schöpfer und Richter, verantworten zu können glaubt, tut, wie Euch gefällt!‹

Meine ersterbende Stimme musste wohl einen tiefen Eindruck in ihm hervorgebracht haben, denn er setzte erschüttert das Gewehr ab, starrte mich mit offenem Munde an.

›Auch der kommt mit seinem Gott!‹, murmelte er. ›Gott! Und meinem und Eurem Schöp-fer und Rich-ter!‹

Er vermochte es kaum, die Worte herauszubringen, und als er sie jetzt wiederholte, schienen sie ihn zu würgen, ihm die Kehle zusammenzuschnüren.

›Sei-nem und mei-nem Richter!‹, stöhnte er wieder. ›Ob es wohl einen Gott, einen Schöpfer und Richter gibt?‹

Als er so murmelnd stand; wurden ihm die Augen starr.

›Gott!‹, wiederholte er in demselben gedehnt fragenden Tone, ›Schöpfer! Richter!‹ – ›Tut das nicht!‹ schrie er plötzlich. ›Bringt keinen Segen, was Ihr vorhabt! Bin ein toter Mann! Gott sei mir gnädig und barmherzig! Mein armes Weib, meine armen Kinder!‹

Die letzteren Worte waren so entsetzlich aus tiefster Brust heraus gestöhnt! Die Rifle entfiel seinen Händen, zugleich schlug er sich so rasend auf Stirn und Brust. Der Mann wurde mir jetzt grausig, wie er, gepeitscht von den Furien seines Gewissens, umherschlug. Er musste Höllenqualen ausstehen, der böse Feind schien in ihm zu toben.

›Seht Ihr mir nichts an?‹, fragte er, plötzlich auf mich zuspringend, mit kaum hörbarem Gemurmel.

›Was sollte ich Euch ansehen?‹ Er trat noch näher.

›Schaut mich so recht an, so, was man sagt, in mein Inneres hinein. Seht Ihr da nichts?‹

›Ich sehe nichts‹, sprach ich.

›Ah, begreife, könnt nichts sehen. Seid nicht in der Spionierlaune, kalkuliere ich – nein, nein, seid nicht. Wenn man so die vier Nächte und Tage nichts über die Zunge gebracht, vergeht einem wohl 's Spionieren. Zwei Tage habe ichs auch probiert. Nein, nein, kein Spaß das, kein Spaß, alter Kumpan !‹ redete er, wieder nach der Rifle langend, diese an. ›Sage dir, lass mich in Ruhe, hast genug, genug getan!‹

Und so sagend, wandte er sich, drückte ab, aber das Gewehr versagte.

›Was ist das?‹, schrie er, Schloss und Zündpfanne untersuchend; ›bist du nicht geladen? My! My! Wie ich nur ... versagst mir, weil ich dich nicht gefüttert, alter Kumpan! Nicht gefüttert, seit du! Ah, hatte ich dich damals lieber nicht gefüttert, wäre vielleicht ... Wohl ist das ein Wink, soll mir eine Warnung sein eine Stimme. Sollst ruhen. Schweig stille, alter Hund! Sollst mich nicht in Versuchung führen, hörst du?‹

Alles das sprach er eifrig, heftig zum Stutzen; dann wandte er sich wieder zu mir.

›So, seid Ihr matt und schwach, sterbensmatt, schwach? Freilich müsst Ihrs sein, denn Ihr seht ja drein, als ob Ihr alle Tage Eures Lebens am Hungertuche genagt.‹

›Matt zum Sterben‹, röchelte ich.

›Wohl, so kommt und nehmt noch einen Schluck Whisky. Wird Euch stärken; aber wartet, will ein wenig Wasser eingießen.‹

Und so sagend, trat er an den Rand des Flusses, schöpfte mit der hohlen Hand einige Male Wasser, ließ es in den Hals der Flasche, und diese an meine Lippen bringend, goss er mir das Getränk ein.

Selbst der blutdürstigste Indianer wird wieder Mensch, wenn er eine menschliche Handlung geübt. Auch er war auf einmal ein ganz anderer geworden. Seine Stimme ward weniger rau, misstönig, sein Wesen sanfter.

›Ihr wollt also in eine Herberge?‹

›Um Gottes willen, ja. Habe seit vier Tagen nichts über die Lippen gebracht als einen Biss Kautabak.‹

›Könnt Ihr einen Biss sparen ?‹

›Alles, was ich habe.‹

Ich holte aus meiner Tasche die Zigarrenbüchse, den Dulzissimus. Er schnappte mir den letzteren aus der Hand und biss mit der Heißgier eines Wolfes darein.

›Ei, von der rechten Sorte, ganz von der rechten Sorte‹, murmelte er in sich hinein. ›Ei, junger Mann, oder alter Mann – seid ein alter Mann? Wie alt seid Ihr?‹

›Zweiundzwanzig.‹

Er schaute mich kopfschüttelnd an. ›Kann es schier nicht glauben; aber vier Tage in der Prärie und nichts über die Zunge gebracht – wohl, mag sein! Aber sage Euch, Fremdling, hätte ich diesen Rest Kautabak noch vor fünf Tagen gehabt, so ... so ... Oh, einen Biss Kautabak! Nur einen Biss Kautabak! Hätte er nur einen Biss Kautabak gehabt, vielleicht! – Ist ein Biss Kautabak oft viel wert. Liegt mir keiner so am Herzen, als ... Oh, hätte er nur einen Biss Kautabak gehabt, nur einen!‹

Seine Stimme, während er so sprach, hatte einen so kläglich stöhnenden und wieder wild unheimlichen Nachklang!

›Sage Euch, Fremdling!‹, brach er wieder drohend aus, ›sag Euch! Ah, was sage ich? Seht Ihr dort den Lebenseichenbaum? Seht Ihr ihn? Ist der Patriarch, und einen ehrwürdigeren, gewaltigeren werdet Ihr nicht bald finden in den Prärien, sag es Euch. Seht Ihr ihn?‹

›Ich sehe ihn.‹

›Seht Ihr ihn? Seht Ihr ihn?‹ schrie er wieder plötzlich wild. ›Was geht Euch der Patriarch und was darunter ist an? Nichts geht es Euch an. Lasst Eure Neugierde, zähmet sie, rate es Euch! Wagt es nicht, auch nur einen Fuß darunter zu setzen.‹

Und ein Fluch entfuhr ihm, zu schrecklich, um von einer Christenzunge wiederholt zu werden.

›Ist ein Gespenst‹, schrie er, ›ein Gespenst darunter, das Euch schrecken könnte. Geht besser weit weg.‹

›Ich will ja nicht hin, gerne weit weg. Es fiel mir ja gar nicht ein. Alles, was ich will, ist der nächste Weg zum nächsten Hause, gleichviel ob Pflanzung oder Wirtshaus.‹

›Ah, so recht, Mann, zum nächsten Wirtshaus. Will ihn Euch zeigen, den Weg zum nächsten Wirtshaus. Will, will.‹

›Ich will‹, murmelte er in sich hinein.

›Und ich will Euch ewig als meinem Lebensretter dankbar sein,‹ röchelte ich.

›Lebensretter! Lebensretter!‹ lachte er wild. ›Lebensretter! Pooh! Wüsstet Ihr, was für ein Lebensretter ... Pooh! Was hilfts, ein Leben zu retten, wenn ... Doch will, will Eures retten, will, dann lässt mich vielleicht das verfluchte Gespenst ... So lass mich doch einmal in Ruhe. Willst nicht? Willst nicht?‹

Alles das hatte der Mann, zum Lebenseichenbaum gewendet, gesprochen, die ersten Sätze wild, drohend, die letzten bittend, schmeichelnd. Wieder wurde er wild, ballte die Fäuste, starrte einen Augenblick, dann sprang er plötzlich auf den Riesenbaum zu und verschwand unter der Draperie der Silberbärte, die von Ästen und Zweigen auf allen Seiten herabhingen; kam aber bald wieder hervor, einen aufgezäumten Mustang am Lasso vor sich hertreibend.

›Setzt Euch auf!‹, rief er mir zu.

›Ich kann nicht einmal aufstehen.‹

›So will ich Euch helfen.‹

Und so sagend, trat er an mich heran, hob mich mit der Rechten, so leicht war ich geworden, in den Sattel meines Mustangs, mit der Linken nahm er das Ende meines Lassos, schwang sich auf den Rücken seines Tieres und zog Pferd und mich nach. Sein Benehmen, während wir nun die sanft aufsteigende Uferbank hinanritten, wurde äußerst seltsam. Bald rutschte er in seinem Sattel herum, mir einen wilden Blick zuwerfend, bald hielt er an, bohrte ängstlich zwischen die spanischen Moosbärte des Patriarchen hinein, warf mir wieder einen scharf beobachtenden Blick zu, schien zu überlegen, stöhnte, seufzte, spähte dann im Walde wie nach einem Ausweg herum, ritt wieder einen Schritt vorwärts, stöhnte abermals, zuckte schaudernd zusammen. Der Lebenseichenbaum schien ihn furchtbar zu quälen; offenbar näherte er sich ihm mit Entsetzen, und doch zog es ihn wieder mit einer so unwiderstehlichen Gewalt hin, als ob sein Schatz da begraben läge.

Auf einmal gab er seinem Tiere wütend die Sporen, sodass es im Galopp ausbrach. Glücklicherweise hatte er in seiner schrecklichen Zerrüttung den Lasso losgelassen, sonst müsste mich der erste Sprung meines Tieres aus dem Sattel geworfen, mir die morschen Glieder gebrochen haben. So schritt dieses langsam nach.

›Warum kommt Ihr nicht? Was habt Ihr den Patriarchen immer anzuschauen? Habt Ihr noch keinen Lebenseichenbaum gesehen?‹, schrie er mir mit einem Fluche zu. Als fürchtete er sich aber vor meiner Antwort, brach er abermals aus, hielt jedoch, nachdem er beiläufig zweihundert Schritt fortgesprengt, wieder an, schaute sich um. Der Patriarch war hinter mehreren kolossalen Sykomoren verschwunden.

Erst jetzt atmete er freier.

›Aber wo war nur der Anthony?‹fragte er, auf einmal sichtbar erleichtert.

›Welcher Anthony?‹

›Der Anthony, der Jäger, der Halfbreed Mister Neals?‹

›Nach Anahuac geritten.‹

›Nach Anahuac geritten?‹ wiederholte er. ›Uh! Nach Anahuac!‹ stöhnte er. ›Bin auch dahin – aber, aber ...‹ Er wandte sich schaudernd um. ›Er ist doch nicht mehr da, nicht mehr zu sehen.‹

›Wer sollte da sein?‹

›Ah, wer, wer?‹, brummte er. ›Wer?‹

Ich wusste wohl, wer der Wer sei, hütete mich aber, ihn zu nennen, abermals sein Misstrauen durch Fragen aufzustacheln. In dem Zustande, in dem ich war, vergeht Neu- und Wissbegier.

Wir ritten stillschweigend weiter.

Lange waren wir so geritten, ohne dass ein Wort zwischen uns gewechselt worden wäre. Er sprach zwar fortwährend mit sich; da jedoch mein Mustang zehn Schritte hinter dem Seinigen am Lasso nachfolgte, hörte ich bloß das Gemurmel. Zuweilen nahm er seinen Stutzen zur Hand, redete ihm bald schmälend, wieder liebkosend zu, brachte ihn in eine schussgerechte Lage, setzte ihn wieder ab, lachte wieder wild. Dann beugte er sich wieder über den Sattel hinaus, wie einen Gegenstand auf der Erde suchend. Zuweilen schaute er sich, während er so suchte, scheu um, und dann fiel sein Blick immer forschend auf mich, ob ich ihn auch beobachte. Wieder tappte, griff er in der Luft herum, und wie er so herumtappte, fühlte, hing er so unheimlich auf seinem Mustang! Und wenn er dann in das unheimliche, hohle, teuflische Lachen ausbrach, dem wieder ein schauderhaftes Gestöhne folgte, bat ich immer zu Gott um ein baldiges Ende meines Rittes.

Wir mochten wohl zwei Stunden geritten sein, mein durch den gewässerten Whisky neu aufgeflammter Lebensfunke war auf dem Punkte gänzlich zu erlöschen, ich fühlte, als müsse ich jeden Augenblick vom Pferde sinken; da gewahrte ich eine rohe Einfriedigung, die endlich eine menschliche Wohnung verkündete.

Ein schwacher Freudenruf entfuhr mir. Ich versuchte es, obwohl vergebens, meinem Tiere die Sporen zu geben.

Mein Begleiter wandte sich, schaute mich mit wild rollenden Augen an und sprach in drohendem Tone: ›Seid ungeduldig, Mann! Ungeduldig, sehe ich; glaubt jetzt vielleicht?‹

›Ich sterbe, wenn nicht augenblickliche Hilfe ...‹

Mehr vermochte ich nicht über die Lippen zu bringen.

›Pooh! Sterben, sterben. Man stirbt nicht sogleich. Und doch, doch! D–n! Es könnte wahr werden.‹

Er sprang aus dem Sattel auf meinen Mustang zu. Es war hohe Zeit, denn unfähig, mich im Sattel zu halten, sank ich herab, ihm in die Arme.

Einige Tropfen Whisky brachten mich abermals zum Bewusstsein. Jetzt setzte er mich vor sich auf seinen Mustang und zog den Meinigen am Lasso nach.

Wir umritten noch ein Bataten-, ein Welschkornfeld, eine Insel von Pfirsichbäumen und hatten endlich das Blockhaus vor Augen.

Meine Kräfte waren so gänzlich gewichen, dass der Mann mich auf den Arm nehmen und in die Hütte tragen musste; selbst da konnte ich nicht mehr stehen, er musste mich wie ein Windelkind auf die Bank niederlassen. Aber trotz des nun rasch vor sich gehenden Ebbens meiner Lebensgeister weiß ich mich noch sehr deutlich nicht nur auf die Wirtsleute, sondern auch auf das Hausgerät, die Stube, kurz alles zu erinnern. War es der Whisky, der den Geist in meinem hinsterbenden Körper so aufgeregt? In keinem Zeitpunkte meines Lebens habe ich so klar wie in diesem äußere Gegenstände wahrgenommen. Alles, was seit meinem Erwachen aus der Todes-Lebenskrise vorging, ist mir noch so deutlich eingeprägt, als ob ich es jetzt noch vor Augen sähe: der grässliche Mann, das erbärmliche Blockhaus – eine Doppelhütte, mit einer Art Tenne in der Mitte – auf der einen Seite die Stube, auf der andern die Küche; die Stube ohne Fenster, mit Löchern, die mit geöltem Papier verklebt waren, dem hartgestampften Fußboden, an dessen Rändern fußhohes Gras wuchs; in einem Winkel das Bett, in einem andern eine Art Schenktisch, und zwischen diesen beiden Winkeln, wie eine Katze auf dem Sprunge, einherschleichend, eine unaussprechlich widerliche Karikatur, den Wirt vorstellend: rote Haare, rote Schweinsaugen, ein Mund, der grausig scheußlich von einem Ohr zum andern reichte, ein hündisch erdwärts gerichteter Blick, der lauernd giftig ganz dem schleichenden Katzenschritte entsprach! Alles das steht vor meiner Seele so lebendig, dass ich den Mann, lebte er noch, unter Millionen beim ersten Blick herausfände.

Ohne uns nur mit einem Worte, einem Blicke zu bewillkommen, brachte er eine Bouteille mit zwei Gläsern, stellte sie auf den Tisch, der aus drei Brettern bestand, die auf vier in die Erde eingerammte Pfosten genagelt waren und von irgendeinem Schranke oder einer Truhe herkommen mussten, denn sie waren noch zum Teil bemalt, mit drei Anfangsbuchstaben eines Namens und einer Jahreszahl.

Mein Retter hatte den Menschen sein Geschäft schweigend, nur seinen widerwärtigen Bewegungen mit scharfen Blicken folgend, verrichten lassen. Jetzt schenkte er eines der Gläser voll, und es mit einem Zuge leerend, sprach er: ›Johnny!‹

Johnny gab keine Antwort.

›Dieser Gentleman da hat vier Tage nichts gegessen.‹

›So?‹ versetzte, ohne aufzublicken, aus einer Ecke in die andere schleichend, Johnny.

›Vier Tage, sage ich, hörst du? Vier Tage. Und hörst du? Gehst, bringst ihm sogleich Tee, guten, starken Tee. Weiß, habt Tee eingehandelt, und Rum und Zucker. Bringst ihm Tee, und dann eine gute Rindssuppe, und das in einer Stunde. Muss der Tee sogleich, die Rindssuppe in längstens einer Stunde fix und fertig sein, verstehst du? Den Whisky nehme ich und ein Beefsteak und Bataten. Sagst deiner Sambo das.‹

Johnny schlich, als ob er nicht gehört hätte, fort und fort aus einer Ecke in die andere – wie bei einer Katze war sein letzter Schritt immer springend.

›Habe Geld, verstehst du, Johnny? Hab es, Mann!‹ nahm mein Führer wieder das Wort, einen ziemlich vollen Beutel aus dem Gürtel ziehend.

Johnny schielte mit einem indefinisablen Blicke nach dem Beutel hin, sprang dann vor, schaute meinen Mann hohnlächelnd an.

Die beiden standen, ohne ein Wort zu sagen. Ein höllisches Grinsen fuhr über Johnnys hässliche Züge. Mein Mann schnappte nach Atem.

›Habe Geld‹, schrie er auf einmal, den Kolben seiner Rifle zur Erde stoßend. ›Verstehst du, Johnny? Geld, und zur Not eine Rifle.‹

Und so sagend, schenkte er ein zweites Glas ein, das er abermals mit einem Zuge leerte.

Johnny stahl sich jetzt so leise aus der Stube, dass mein Mann seine Entfernung erst durch das Klappern der Holzklinke gewahr wurde. Kaum war er jedoch diese gewahr, als er auf mich zutrat, mich, ohne ein Wort zu sagen, auf seinen Arm hob und dem Bett zutrug, auf das er mich sanft niederlegte.

›Ihr macht, als ob Ihr hier zu Hause wäret‹, knurrte der wieder eintretende Johnny.

›Bin das so gewohnt, tue das immer, wenn ich in ein Wirtshaus komme‹, versetzte mein Mann, ruhig ein frisches Glas einschenkend und leerend. ›Für heute soll der Gentleman Euer Bett haben. Magst du und deine Sambo meinethalben im Schweinestalle schlafen – habt aber keinen.‹

›Bob!‹, schrie Johnny wütend.

›Das ist mein Name, Bob Rock.‹

›Für jetzt‹, zischte mit schneidendem Hohne Johnny.

›So wie der deinige Johnny Down‹, lachte wieder Bob. ›Pooh, Johnny, glaube doch, kennen uns, oder kennen wir uns nicht?‹

›Kalkuliere, kennen uns‹, versetzte Johnny zähneknirschend.

›Kennen uns von weit und breit und lang und kurz her‹, lachte wieder Bob.

›Seid ja der berühmte Bob von Sodoma in Georgien.‹

›Sodoma in Alabama, Johnny‹, verbesserte ihn lachend Bob. ›Sodoma in Alabama. Sodoma liegt in Alabama‹, sprach er, wieder ein Glas nehmend; ›weißt du das nicht, und warst doch ein geschlagenes Jahr in Kolumbus, und das in allen möglichen schlechten Kapazitäten?‹

›Besser, Ihr schweigt, Bob‹, zischte Johnny mit einem Dolchblicke auf mich.

›Pooh! Wird dir kein Haar krümmen, nicht plaudern, bürge dir dafür. Ist ihm die Lust dazu in der Jacinto-Prärie vergangen. Wenn sonst keiner wäre als der. Aber Sodoma‹, hob er wieder an, ›liegt in Alabama, Mann! Kolumbus in Georgien, sind durch den Chatahoochie voneinander geschieden, den Chatahoochie! Ah, war das ein lustiges Leben auf diesem Chatahoochie! Aber alles auf der Welt vergänglich, sagte immer mein alter Schulmeister. Pooh! Haben jetzt dem Fasse den Boden ausgeschlagen, die Indianer ein Haus weiter über den Mississippi gesandt. War aber ein glorioses Leben. – War es nicht?‹

Wieder schenkte er ein, wieder trank er aus.

Die Aufschlüsse, die mir die Unterhaltung über den Charakter meiner beiden Gesellschafter gab, dürften für jeden andern wohl wenig Erfreuliches gehabt haben; denn wenn ihre Bekanntschaft von diesem grässlichen Orte her datierte, mochten sie sich ebenso wohl aus der Hölle herleiten. Der ganze Südwesten hatte, Sie wissen es, nichts aufzuweisen, das an Verruchtheit diesem Sodoma, wie es ganz bezeichnend genannt wurde, gleichkam. Es liegt oder lag wenigstens noch vor Jahren in Alabama, Indianergebietes, der Freihafen aller Mörder und Geächteten des Westens und Südwestens, die hier unter indianischer Gerichtsbarkeit Schutz und Sicherheit gegen die Ahndung des Gesetzes fanden. Schauderhaft waren die Frevel-, ja Gräueltaten, die hier täglich vorfielen. Kein Tag verging ohne Mord und Plünderung, und das nicht heimlich, nein, am hellen Tage setzte die Mörderbande, mit Messern, Dolchen, Stutzen bewaffnet, über den Chatahoochie, tobte wie die wilde Jagd in Kolumbus ein, stieß nieder, wer in den Weg kam, brach in die Häuser, raubte, plünderte, mordete, tat Mädchen und Weibern Gewalt an und zog dann jubelnd und triumphierend, mit Beute beladen, über den Fluss in ihre Mordhöhle zurück, der Gesetze nur spottend. An Verfolgung oder Gerechtigkeit war nicht zu denken, denn Sodoma stand unter indianischer Gerichtsbarkeit, ja mehrere der indianischen Häuptlinge waren mit den Mördern einverstanden; ein Grund, der denn auch endlich die Veranlassung zu ihrer Fortschaffung wurde. Diese Fortschaffung hat, wie Sie wissen, die Tränendrüsen aller unserer alten politischen Weiber in hohem Grade geöffnet, erstaunlich viele Gegner unter unsern guten Yankees gefunden – Echos unserer ebenso guten Freunde in Großbritannien, denen es freilich nicht angenehm sein konnte, ihre Verbündeten so gleichsam aus unserer Mitte gerissen zu sehen. Ah, die britische Humanität, wie liebreich sie, genauer betrachtet, erscheint! Gar, gar so liebreich! Gott behüte und bewahre uns nur vor dieser liebreichen englischen Humanität! Glücklicherweise hatte Jacksons Eisenseele auch keinen Funken dieses britischen Liebesreichtums. Die Indianer mussten über den Mississippi, wie Sie wissen, und seit der Zeit sind auch Räuber, Mörder und – Sodoma verschwunden, und Kolumbus blüht und gedeiht, eine so respektable, geachtete Stadt als irgendeine im Westen.

Doch zu meinen beiden Gesellschaftern zurückzukehren, so schien die Erinnerung an ihre Großtaten sie merklich zutraulicher zu stimmen. Johnny hatte sich gleichfalls ein volles Glas gebracht, und die beiden wisperten viel und angelegentlich. Doch konnte ich ihre Sprache – eine Art Diebes- und Spielerkauderwelsch nicht verstehen. Nur hörte ich von meinem Gönner öfters ein wildes: ›Nein, nein – ich will bestimmt nicht‹ ausstoßen. Dann verschwammen mir Worte und Gegenstände in vagen Klängen und Umrissen.

Eine ziemlich unsanfte Hand rüttelte mich auf. Ich sah aber nicht mehr. Erst als mir einige Löffel Tee eingegossen waren, wurde es mir klarer vor den Augen. Es war eine Mulattin, die mir zur Seite stand und mir Tee mit einem Löffel eingoss. Die Miene, die sie dazu machte, lächelte anfangs nichts weniger als freundlich; erst nachdem sie mir ein halbes Dutzend Löffel eingegossen, begann sich etwas wie weibliches Mitgefühl zu zeigen.

Im Herzen des Weibes, welcher Farbe sie auch sei, trifft ein junger Mann immer wenigstens auf eine Saite, die klingt, wenn auch nicht die zarteste. – Mit jedem Löffel, den sie mir eingoss, wurde sie freundlicher. Es war aber ein köstliches Gefühl, das mich bei dieser Ätzung durchschauerte. Bei jedem Löffel, den sie mir eingoss, war es mir, als ob ein neuer Lebensstrom durch Mund und

Kehle in die Adern rieselte. Jawohl, eine köstliche Empfindung – sie tat mir ja wohl!

Viel sanfter, als sie mich vom Kissen aufgehoben, ließ sie mich nieder.

›Gor, gor!‹, kreischte sie. ›Was für ein armer junger Mann das sein! Aber in einer Stunde, Massa, etwas Suppe nehmen.‹

›Suppe? Wozu Suppe kochen?‹ knurrte Johnny herüber.

›Er Suppe nehmen; ich sie kochen‹, kreischte die Mulattin.

›Und schlimm für dich, Johnny, wenn sie sie nicht kocht; sage dir, schlimm für dich!‹, schrie Bob.

Johnny murmelte etwas, was ich jedoch nicht mehr hörte, da abermals ein leichter Schlummer mich in seine Arme genommen.

Schon nach wenigen Augenblicken, schien es mir, kam richtig die Mulattin mit der Suppe. Hatte mich ihr Tee erquickt, so kräftigte die Suppe erst eigentlich den schwankenden Lebensfunken. Ich fühlte zusehends, wie sie mir Kraft in Eingeweide, in Adern und Sehnen eingoss. Bereits konnte ich mich im Bett aufrecht sitzend halten.

Während ich von der Mulattin gefüttert wurde, sah ich auch Bob sein Beefsteak verzehren. Es war ein Stück, das wohl für sechs hingereicht haben dürfte; aber der Mann schien auch seit wenigstens drei Tagen nichts gegessen zu haben. Er schnitt Brocken von der Größe einer halben Faust ab, warf sie ohne Brot in den Mund und biss dann in die ungeschälten Bataten ein. Ich hatte nicht bald solchen Heißhunger gesehen. Dazu schüttete er Glas auf Glas ein.

Der Whisky schien ihn zu wecken, sein zerstörtes Wesen in eine gewisse Lustigkeit umzustimmen. Er sprach noch immer mehr mit sich selbst als mit Johnny; aber die Erinnerungen schienen angenehm, denn er lachte öfters laut auf, nickte sich selbstgefällig zu; einige Male verwies er auch Johnny, dass er ein gar so katzenartiger, feiger Geselle, ein gar so feiger, heimtückischer, falscher Galgengeselle sei. Er sei zwar, lachte er, auch ein Galgengeselle, aber ein mutiger, offener, ehrlicher Galgengeselle – Johnny aber, Johnny ...

Johnny sprang auf ihn zu, hielt ihm beide Hände vor den Mund, wofür er aber einen Schlag bekam, der ihn an die Stubentür anwarf, durch die er fluchend abzog.

Ich war gerade auf dem Punkte einzuschlummern, als er, den Finger auf dem Munde, leise der Tür zuschlich, da horchte und sich dann dem Bette näherte.

›Mister!‹, raunte er mir in die Ohren, ›Mister, braucht Euch nicht zu fürchten!‹

›Fürchten? Warum sollte ich mich fürchten?‹

›Warum? Darum!‹ versetzte er lakonisch.

›Warum sollte ich fürchten? Für mein Leben? Seid Ihr nicht da, der es gerettet, den es nur einen Druck seines Daumens gekostet hätte, es wie ein Talglicht auszulöschen?‹

Der Mann schaute auf. ›Das ist wahr, mögt auch recht haben! Aber unsere Pflanzer, wisst Ihr, fangen auch oft

Büffel und Rinder, um sie erst zu mästen und dann abzutun.‹

›Aber Ihr seid mein Retter, mein Landsmann, mein Mitchrist, und ich bin kein Rind, Mann!‹

›Seids nicht, seids nicht!‹, fiel er hastig ein; ›seids nicht! Und doch ... doch ...‹ Er wurde düster, schien sich zu besinnen. ›Hört Ihr?‹, wisperte er, ›versteht Ihr Karten oder Würfel?‹

›Ich habe nie gespielt.‹

›Wenn Euch zu raten ist, so spielt auch nicht; hier absolut nicht! Versteht Ihr? Ah, hätte ich das gottverfluchte Spiel nicht! – Kein Spiel, hört Ihr? Kein Spiel!‹

Er wandte jetzt den Kopf der Tür zu, horchte, schlich wieder zum Tische, sich einzuschenken – die Bouteille war jedoch leer.

›Johnny!‹, schrie er, einen Dollar auf den Tisch werfend, ›sitzen im Trocknen.‹

Johnny steckte den Kopf durch die Tür.

›Bob, Ihr habt genug.‹

›Wirst du mir sagen, dass ich genug habe? Du!‹ schrie Bob, aufspringend und sein Messer ziehend.

Johnny sprang wie eine Katze davon, aber die Mulattin kam und brachte eine volle Bouteille.

Was weiter vorging, hörte ich nicht mehr, denn abermals kam der wohltätige Schlummer über mich.

Während meines Schlummers hörte ich, wie man im Schlummer hört, lauten Wortwechsel, dazwischen Stöße und Schläge; doch weckte mich nicht der Lärm, sondern der Hunger. Dieser ließ mich nicht mehr schlafen. Wie ich die Augen aufschlug, sah ich die Mulattin, die an meinem Bette saß und die Moskitos abwehrte. Sie brachte mir den Rest der Suppe. Nach zwei Stunden sollte ich ein so köstliches Beefsteak haben, als je aus ihrer Pfanne kam. Nun aber müsste ich wieder schlafen.

Ehe noch die zwei Stunden vergangen, erwachte ich; so rasch ging die Verdauung vor sich. Wie ein Reibeisen arbeitete es in meinem Magen herum, aber nicht mehr schmerzlich, im Gegenteile, es war mehr eine wohltuende Empfindung. Das bereitete Beefsteak genoss ich mit einer Lust, einem Appetit, der wirklich nicht zu beschreiben ist. Eine solche Wollust war mir der Genuss dieses Rindschnittes, dass er mich halb und halb mit den entsetzlichen Qualen meines hundertstündigen Fastens wieder versöhnte. Doch erlaubte mir die Mulattin, die mehrere Fälle dieser Art erlebt und behandelt, nur ein sehr mäßiges Stück. Dafür brachte sie mir ein volles Bierglas, aus dem mir ein herrlicher Punsch entgegendampfte. In meinem Leben hatte ich oder glaubte ich nichts Köstlicheres genossen zu haben. Auf meine Frage, wo sie den Rum und Zucker sowie die Zitronen her habe, erklärte sie, dass sie mit diesen Artikeln selbst handle, dass Johnny bloß das Haus aufgeblockt, und zwar schlecht genug aufgeblockt, sie aber das Kapital zum Betrieb der Wirtschaft hergegeben und nebenbei noch einen Zucker-, Kaffee- und Schnittwarenhandel führe. Die Zitronen habe sie vom Squire oder, wie er auch genannt wurde, dem Alkalden, der ganze Säcke verschenke.

Allmählich wurde das Weib gesprächiger. Sie begann über Johnny zu klagen, wie er ein wüster Spieler und wohl noch etwas Schlechteres sei; wie er viel Geld bereits gehabt, aber alles wieder verloren – oft flüchtig werden müssen; wie sie ihn im untern Natchez kennengelernt, von wo er gleichfalls bei Nacht und Nebel fortgemusst. Aber der Bob sei nicht besser, im Gegenteile – das Weib machte die Bewegung des Gurgelabschneidens – einer, der es arg getrieben. Jetzt habe er sich betrunken, Johnny zu Boden geschlagen und überhaupt sehr wüst getan. Er läge draußen auf dem Porche, Johnny aber habe sich verborgen; doch brauche ich mich nicht zu fürchten.

›Fürchten, mein gutes Weib? Warum sollte ich mich fürchten?‹ Sie schaute mich eine Weile bedenklich an, dann sprach sie: Wenn ich wüsste, was sie wisse, würde ich mich wohl fürchten. Sie wolle jedoch auf keine Weise länger bei dem verruchten Johnny bleiben, sobald als möglich sich um einen andern Partner umsehen. Wenn sie nur einen wüsste.

Bei diesen Worten schaute sie mich an.

Ihr Blick sowie ihr ganzes Wesen hatten ein Etwas, das mir gar nicht gefiel. Die alte Sünderin war ihr in jedem Zuge eingedrückt. Ein hässliches, grob sinnliches Gesicht, in dem Laster und Ausschweifungen leserliche Spuren zurückgelassen. Aber jetzt war nicht die Zeit, den zart Empfindsamen zu spielen. Ich versicherte sie so warm, als ich nur vermochte, dass der Dienst, den sie mir erwiesen, meine ganze Dankbarkeit in Anspruch nähme, die ihr auf alle Fälle werden sollte.

Noch sprach sie eine Weile, ich hörte jedoch nicht mehr, denn ich war wieder eingeschlummert.

Diesmal wurde der Schlummer zum festen Schlafe.

Ich mochte sechs bis sieben Stunden geschlafen haben, als ich mich am Arme gerüttelt fühlte. Ich erwachte nicht sogleich, aber das Rütteln wurde so heftig, dass ich laut aufschrie. Es war nicht sowohl Schmerz über den eisernen Griff, der mich erfasst, als Schrecken, der mich aufkreischen machte. Bob stand vor mir. Die nächtliche Ausschweifung hatte seine Züge bis ins Scheußliche verzerrt, die blutunterlaufenen Augen waren geschwollen und rollten, wie von Dämonen gepeitscht, der Mund stand ihm weit und entsetzt offen: Aus seinem ganzen Wesen leuchtete die Zerstörtheit eines Menschen hervor, der soeben von einer schrecklichen Tat gekommen. Er stand vor mir wie der Mörder über dem Leichnam des gemordeten Bruders. Ich schrak entsetzt zurück.

›Um Gottes willen, Mann, was fehlt Euch?‹

Er winkte mir, still zu sein.

›Ihr habt das Fieber, Mann!‹, rief ich, ›die Ague!‹

›Ei, das Fieber‹, stöhnte er und der kalte Schauder überlief ihn; ›das Fieber, aber nicht das Fieber, das Ihr meint; ein Fieber, junger Mann, ein Fieber, Gott behüte Euch vor einem solchen Fieber!‹

Er zitterte, wie er so sprach, am ganzen Leibe.

›Willst du denn gar nicht mehr ruhen? Mich gar keinen Augenblick mehr in Frieden lassen? Hilft denn gar nichts?‹ stöhnte er, die Faust auf die linke Seite drückend. ›Gar nichts? Du Gottverfluchte! Sag Euch‹, brüllte er, ›wüsste ich, dass Ihr mit Eurem Gott und Schöpfer und Richter, von dem Ihr gestern geschwätzt ... bei Gott! Ich wollte ...‹

›Flucht nicht so entsetzlich, Mann! Mein und Euer Gott sieht und hört Euch ohne Flüche. Bin kein winselnder Pfaffe, aber dieses gotteslästerliche Fluchen ist sündhaft, ekelhaft.‹

›Habt recht, habt recht! Ist eine hässliche Gewohnheit; aber sage Euch, ja um Gottes willen! Was wollte ich sagen?‹

›Ihr wolltet sagen, vom Fieber wolltet Ihr sagen.‹

›Nein, wollte das nicht sagen; weiß jetzt, was ich sagen wollte; bleibt aber ebenso gut ungesagt, was ich sagen wollte. Weiß, dass Ihr es nicht heraufbeschworen. Hatte ja vordem auch nicht Ruhe – die ganzen acht Tage schon keine Ruhe –, ließ mich nicht ruhen, nicht rasten, trieb mich immer wie den, wie heißt er? Der seinen – seinen Bruder kalt gemacht – trieb mich unter den Patriarchen, immer und immer unter den Patriarchen.‹

Er hatte diese Worte leise, abgerissen ausgestoßen oder vielmehr gemurmelt. Offenbar sollte ich sie nicht hören.

›Kurios das!‹, murmelte er weiter, ›habe doch mehr als einen kalt gemacht, aber war mir nie so. War vergessen in weniger denn keiner Zeit; ließ mir kein graues Haar um sie wachsen. Kommt jetzt alles auf einmal, die ganze Zeche; kann nicht mehr ruhen, nicht mehr rasten. In der offenen Prärie ists am ärgsten; da steht er gar so deutlich, der alte Mann mit seinem Silberbarte und seinem glänzenden Gewand und das Gespenst just hinter ihm. Wird mich das furchtbare Gespenst noch zur Verzweiflung bringen. – Soll mich aber doch nicht zur Verzweiflung bringen; soll nicht!‹ schrie er wieder wild.

Ich tat, als hörte ich nicht.

›Was sagt Ihr da vom Gespenste?‹, schrie er mich plötzlich an.

›Ich sage nichts, gar nichts‹, versetzte ich beruhigend.

Seine Augen rollten, er ballte die Hände, öffnete sie wieder, wie der Tiger die Krallen.

›Sagt nichts, nichts, rate es Euch, nichts!‹, murmelte er wieder leise.

›Ich sage nichts, lieber Mann, gar nichts, als dass Ihr Euch Gott und Eurem Schöpfer zuwenden möget.‹

›Gott! Gott! Ei, das ist der alte Mann, kalkuliere ich, im glänzenden Gewande, mit dem langen Barte, der das Gespenst hinter sich hat. Will nichts mit ihm zu tun haben, soll mich in Ruhe lassen. Will Ruhe haben! Will, will. – Will, will!‹ stöhnte er.

›Wisst Ihr? Müsst mir einen Gefallen tun.‹

›Zehn für einen; alles, was in meinen Kräften steht. Sagt an, was ich tun soll, und es soll getan werden. Ich verdanke Euch mein Leben.‹

›Seid ein Gentleman, sehe es, ein Christ. Ihr könnt, Ihr müsst ...‹

Er schnappte nach Atem, wurde wieder unruhig.

›Ihr müsst mit mir zum Squire, zum Alkalden.‹

›Zum Squire, zum Alkalden! Mann, was soll ich mit Euch beim Squire, beim Alkalden?‹

›Werdet sehen, hören, was Ihr sollt, sehen und hören; hab ihm etwas zu sagen, etwas ins Ohr zu raunen.‹

Hier holte er mit einem schweren Seufzer Atem, hielt eine Weile inne, schaute sich auf allen Seiten ängstlich um.

›Etwas‹, wisperte er, ›das niemand sonst zu hören braucht.‹

›Aber Ihr habt ja Johnny. Warum nehmt Ihr nicht lieber Johnny?‹

›Den Johnny?‹, hohnlachte er, ›den Johnny? Der nicht besser ist, als er sein sollte, ja schlechter, zehnmal schlechter als ich, so schlecht ich bin; und bin schlecht, sag Euch, bin ein arger Geselle – ein sehr arger, aber doch ein offener, ehrlicher, der immer offen, ehrlich, Stirn gegen Stirn – bis auf dieses Mal; – aber Johnny! – würde seine Mutter zur ... Ist ein feiger, hündischer, heimtückischer Hund, der Johnny.‹

Es bedurfte das keiner weiteren Bekräftigung, denn es war ihm wahrlich auf der Stirn geschrieben, ich schwieg also.

›Aber wozu braucht Ihr mich beim Squire?‹

›Wozu ich Euch beim Squire brauche? Wozu braucht man die Leute vorm Richter? Ist ein Richter, Mann, ein Richter in Texas, eigentlich ein mexikanischer Richter, aber von uns Amerikanern gewählt, ein Amerikaner, wie ich und Ihr. Ist ein Richter der Gerechtigkeit.‹

›Und wie bald soll ich?‹

›Gleich auf der Stelle. Gleich, sobald als möglich. Kann es nicht mehr aushalten. Lässt mich nicht mehr ruhen. Stehe seit den letzten acht Tagen Höllenqual aus, keine ruhige Stunde mehr. Treibt mich unter den Patriarchen, wieder weg, wieder zu. Am ärgsten ist es in der Prärie, da steht der alte Mann im leuchtenden Gewande und hinter ihm das Gespenst; könnte sie beide mit Händen greifen. Treiben mich schrecklich herum. Keine ruhige Stunde, selbst die Flasche hilft nichts mehr. Weder Rum, noch Whisky, noch Brandy hilft mehr, bannt sie nicht, beim Tarnel! Bannt sie nicht. Kurios das! Habe gestern getrunken, glaubte es zu vertrinken, sie zu bannen; ließen sich nicht bannen; – kamen richtig beide, trieben mich auf. – Musste fort, in der Nacht fort. – Ließ mich nicht schlafen, musste hinüber unter den Patriarchen.‹

›Musstet hinüber unter den Patriarchen, den Lebenseichenbaum?‹, rief ich entsetzt; ›und Ihr waret in der Nacht drüben unter dem Lebenseichenbaum?‹

›Zog mich hin unter den Patriarchen‹, stöhnte er; ›komme von daher, komme, komme. Bin fest entschlossen ...‹

›Armer, armer Mann!‹, rief ich schaudernd.

›Jawohl, armer Mann!‹, stöhnte er in demselben entsetzlich unheimlich zutraulichen Tone. ›Sage Euch, lässt mich nicht mehr ruhen, absolut nicht mehr. Ist jetzt acht Tage, dass ich hinüber nach San Felipe wollte. Glaubte schon, San Felipe zu sehen, dicht an San Felipe zu sein; als ich aufschaue, wo meint Ihr, dass ich war? – Unter dem Patriarchen.‹

›Armer, armer Mann!‹, rief ich abermals.

›Jawohl, armer Mann!‹ wiederholte er mit durch Mark und Knochen dringendem Gestöhne. ›Armer Mann, wo ich gehe und stehe, bei Nacht und bei Tage. Wollte auch nach Anahuac, ritt hinüber, ritt einen ganzen Tag; am

Abend, wo glaubt Ihr wohl, dass ich wieder war? Unterm Patriarchen.‹

Es lag etwas so Grässliches in der heimlichen und wieder unheimlichen Weise, in der er die Worte herausschnellte; der Wahnsinn des Mörders sprach so laut, so furchtbar deutlich aus seinen wie vom Höllenfeinde gepeitschten Augen. Ich wandte mich bald schaudernd von – wieder mitleidig zu ihm. Bei alledem konnte ich ihm meine Teilnahme nicht versagen.

›Ihr waret also heute schon unter der Lebenseiche?‹

›Ei, so war ich, und das Gespenst drohte mir und sagte mir: Ich will dich nicht ruhen lassen, Bob – Bob ist mein Name – bis du zum Alkalden gegangen, ihm gesagt ...‹

›Dann will ich mit Euch zu diesem Alkalden‹, sprach ich, mich aus dem Bett erhebend, ›und das sogleich, wenn Ihr es wünscht.‹

›Was wollt Ihr? Wohin wollt Ihr?‹ krächzte jetzt der hereinschleichende Johnny. ›Nicht von der Stelle sollt Ihr, bis Ihr bezahlt.‹

›Johnny!‹ sprach Bob, indem er den um einen Kopf kleineren Gesellen mit beiden Händen an den Schultern erfasste, ihn wie ein Kind emporhob und wieder niedersetzte, dass ihm die Kniee zusammenbrachen. ›Johnny! Dieser Gentleman da ist mein Gast, verstehst du? Und hier ist die Zeche, und sage dir, Johnny, sage dir!‹

›Und Ihr wolltet? – Ihr wolltet?‹ winselte Johnny.

›Was ich will, geht dich nichts an – nichts, gar nichts geht dich das an; darum, kalkuliere ich, schweigst du besser, bleibst mir vom Halse.‹

Johnny schlich sich in den Winkel zurück, wie ein Hund, der einen Fußtritt erhalten; aber die Mulattin schien sich nicht abschrecken lassen zu wollen. Die Arme in die Seite gestemmt, watschelte sie herzhaft vor.

›Ihr sollt ihn nicht wegnehmen, den Gentleman!‹, schrie sie belfernd, ›Ihr sollt nicht. Er ist noch schwach und kann den Ritt nicht aushalten, kaum auf den Füßen stehen.‹

Das war nun wirklich der Fall. Stark, wie ich mich im Bett gefühlt, konnte ich mich außer diesem wirklich kaum auf den Füßen erhalten.

Bob schien einen Augenblick unschlüssig, aber nur einen Augenblick, im nächsten hob er die Mulattin, dick und wohlgemästet, wie sie war, in derselben Weise, wie er es mit ihrem Partner getan, einen Fuß über den Estrich empor, trug sie schwebend und kreischend der Tür zu, warf diese mit einem Fuße auf, und sie auf der Schwelle niedersetzend, sprach er: ›Friede! Und einen starken, guten Tee, statt deiner hässlichen Zunge, und ein mürbes, frisches Beefsteak, statt deines stinkenden, verfaulten Selbst, das ist dein Geschäft, und das wird den Gentleman stark machen, du alter braunlederner Sünden- und Lasterschlauch!‹

Des Mannes Präzision und Bündigkeit in Wort und Tat wäre unter andern Umständen gar nicht uninteressant gewesen, selbst hier flößten sie einen gewissen Respekt ein. Er war wirklich, wie er sagte, ein arger Geselle, aber offen, geradezu.

Ich hatte angekleidet geschlafen, wollte jetzt die Stube verlassen, Gesicht und Hände zu waschen und nach meinem Mustang zu sehen; Bob ließ es jedoch nicht zu. Johnny musste Wasser und ein Handtuch bringen, dann befahl er ihm, meinen und seinen Mustang in Bereitschaft zu halten. Seinem Winseln: wenn aber die Mustangs ausgerissen, sich nicht fangen ließen, begegnete er mit den kurzen Worten: ›Müssen in einer Viertelstunde da sein, dürfen nicht ausgebrochen sein; keine Tricks, verstehst du? Keine Kniffe, du kennst mich!‹

Johnny musste ihn wohl kennen, denn ehe noch eine Viertelstunde vergangen, standen die Tiere gesattelt und gezäumt vor der Hütte.

Das Frühstück, aus Tee, Butter, Welschkornbrot und zarten Steaks bestehend, hatte mich auf eine Weise gestärkt, die es mir möglich machte, meinen Mustang zu besteigen. Zwar schmerzten noch alle Glieder, aber wir ritten langsam, der Morgen war heiter, die Luft elastisch, mild erfrischend, und der Weg oder vielmehr Pfad lag wieder durch die Prärie, die auf der einen Seite gegen den Fluss zu mit Urwald eingesäumt, auf der andern wieder ozeanartig hinausfloss in die weite Ferne, von zahllosen Inseln beschattet. Wir trafen auf eine Menge Wildes, das unsern Tieren beinahe unter den Füßen weglief; aber obwohl Bob sein Gewehr mithatte, er schien nichts zu sehen, sprach immerfort mit sich. Er schien zu ordnen, was er dem Richter zu sagen habe, denn ich hörte ihn in ziemlichem Zusammenhange Sätze vortragen, die mir Aufschlüsse gaben, welche ich in meiner Stimmung wahrlich gern überhört hätte. Aber es ließ sich nicht überhören, denn er schrie wie besessen, und wenn er stockte, schien auch das Gespenst wieder über ihn zu kommen. Er starrte dann wie wahnsinnig auf einen Punkt hin, schrak zusammen, stöhnte, die Fieberschauer, der Wahnsinn des Mörders ergriffen ihn. – Ich war, wie Sie wohl denken mögen, herzlich froh, als wir endlich das Gehege der Pflanzung erblickten.

Sie schien sehr bedeutend. Das Haus, groß und aus Fachwerk zusammengesetzt, verriet Wohlstand und selbst Luxus. Es lag in einer Gruppe von Chinabäumen, die, obwohl offenbar vom Besitzer seit nicht vielen Jahren gepflanzt, doch bereits hoch aufgeschossen, Kühle und Schatten gaben. Ich würde sie für zehnjährig gehalten haben, erfuhr aber später, dass sie kaum vier Jahre gepflanzt waren. Rechts vom Hause stand einer der Könige unserer Pflanzenwelt, ein Lebenseichenbaum, der schönste, edelste, festeste Baum Texas', der Welt, kann man wohl sagen, denn etwas Majestätischeres, Ehrfurchtgebietenderes als ein solcher Riesenbaum mit seinen Silberschuppen und Barten, die Jahrhunderte ihm angelegt, lässt sich nicht denken! Links dehnten sich etwa zweihundert Acker Kottonfeld gegen den sich hier stark krümmenden Jacinto hin; die Pflanzung lag so ganz in einer Halbinsel, ungemein reizend, eine wahre Idylle. Vor dem Hause die unabsehbare, vielleicht zwanzig, vielleicht fünfzig, ja hundert Meilen gegen Westen hinströmende Prärie, hie und da ein Archipelagus von Inseln, schwankend und schimmernd in der transparenten Atmosphäre – zwischen diesen die grasenden Rinder- und Mustangherden, und links und rechts Kottonfelder und Inseln. Hinter dem Hause waren die Wirtschaftsgebäude und das Negerdörfchen zu sehen. Über dem Ganzen ruhte tiefe Stille, die, bloß durch das Anschlagen zweier Hunde unterbrochen, der so sinnig träumerisch gelegenen Pflanzung etwas Feierliches verlieh, das selbst Bob zu ergreifen schien. Er hielt am Gatter an, schaute zweifelnd auf das Haus hinüber, wie einer, der an einer gefährlichen Schwelle steht, die zu überschreiten nicht geheuer.

So hielt er wohl einige Minuten.

Ich sprach kein Wort, hätte auch um keinen Preis reden, die innere Stimme, die ihn trieb, unterbrechen können; ich hätte es für einen Frevel gehalten. Aber zentnerschwer lag es mir auf der Brust, wie er so hielt.

Mit einem plötzlichen Rucke, der einen ebenso plötzlichen Entschluss verkündete, riss er das Gattertor auf, und wir ritten durch zwei mit Orangen, Bananen und Zitronen besetzte Hausgärten, die, von der Passage durch eine Staketeinfassung getrennt, an einem Vorhof lehnten, wo ein zweites Gattertor mit einer Glocke zu sehen war. Als diese anschlug, erschien ein Neger, der die Haustür öffnete.

Er schien Bob sehr gut zu kennen, denn er nickte ihm wie einem alten Bekannten zu, sagte ihm auch, dass der Squire ihn gebraucht, einige Male nach ihm gefragt habe. Mich bat er abzusteigen, das Frühstück würde sogleich bereit sein; für die Pferde werde gesorgt werden.

Ich bedeutete den Neger, wie ich nicht gekommen, die Gastfreundschaft des Squire in Anspruch zu nehmen, sondern als Begleiter Bobs, der mit seinem Herrn zu sprechen wünsche. Im Vorbeigehen sei es bemerkt, passte auch mein Äußeres nichts weniger als zu Besuchen – meine Kleider waren beschmutzt, zum Teil auch zerrissen – ich ganz und gar nicht in der Verfassung, die Gastfreundschaft eines Texas-Granden in Anspruch zu nehmen.

Der Neger schüttelte ungeduldig den Wollkopf: ›Massa immerhin absteigen, das Frühstück sogleich auftragen, und für die Pferde auch gesorgt werden.‹

Bob fiel ihm in die Rede.

›Brauchen dein Frühstück nicht, sag ich dir – will mit dem Squire reden.‹

›Squire noch im Bett sein‹, versetzte der Neger.

›So sag ihm, er solle aufstehen. Bob habe ihm etwas Wichtiges zu sagen.‹

Der Neger schaute Bob mit einem Blicke an, der dem Gentleman eines englischen Herzogs Ehre gemacht haben würde.

›Massa noch schlafen, er nicht wegen zehn Bobs aufstehen.‹

›Aber ich habe ihm etwas Wichtiges, etwas sehr Wichtiges zu sagen.‹, versicherte Bob dringlich, beinahe ängstlich.

Der Neger schüttelte abermals den Wollkopf.

›Etwas Wichtiges, sag ich dir, Ptoly!‹, fuhr er nun schmeichelnd und heftig zugleich fort, die Hand nach dem Wollkopfe ausstreckend, ›etwas, das Leben und Tod betrifft.‹

Der Neger duckte sich und sprang der Haustüre zu.

›Massa nicht aufstehen, bis er ausgeschlafen. Ptoly nicht der Narr sein, ihn wegen Bob zu wecken; Massa nicht für zehn Leben und Tode aufstehen.‹

Der aristokratische Neger des aristokratischen Squire würde zu jeder anderen Zeit mein Lachfell gekitzelt haben, hier jedoch hatte der Auftritt etwas Peinigendes; zum Lachen war wahrlich nicht der Zeitpunkt.

›Wann steht der Squire auf?‹, fragte ich.

›In einer oder zwei Stunden.‹

Ich sah auf meine Uhr – sie war abgelaufen; aber der Neger sagte, es wäre sieben. Allerdings eine etwas frühe Stunde zu einem Morgenbesuche, der nichts weniger als unterhaltend zu werden versprach, obwohl spät genug, um einen Texas-Squire außer dem Bette zu sehen; doch ging uns sein Langeschlafen nichts an, und ich glaubte, vermittelnd eintreten zu müssen. So wandte ich mich also an Bob, ihm bedeutend, dass die Stunde allerdings zu Geschäften zu früh, und wir in Geduld warten oder zurückkehren müssten.

›Warten, warten mit dieser Höllenpein und dem Gespenste?‹, murmelte Bob. ›Kann nicht warten; wollen zurück.‹

›Wollen zurück und in zwei Stunden wiederkommen!‹ bedeutete ich dem Neger.

›Wenigstens Massa bleiben, Bob allein reiten lassen, Squire Massa gern sehen‹, bat der Neger mit einem vielsagenden, bedenklichen Blick auf Bob, der mich wohl zum Bleiben bewogen haben dürfte, wäre meine Verpflichtung gegen den Elenden nicht von der Art gewesen, dass sie ein solches Bleiben zum schwärzesten Undank gestempelt haben müsste. Wir ritten also wieder zu Johnnys Gasthütte zurück.

Der sanft bequeme Ritt hatte mich erfrischt und, obgleich er hin und wieder zurück nicht zwei Stunden gewährt, meinen Appetit auf eine Weise geschärft, die mir ein zweites Frühstück zum Bedürfnis machte. Überhaupt können Sie den Heißhunger, der sich nach einem Ritte in den Prärien überhaupt und nach einer solchen Hungerkur begreiflicherweise doppelt einstellt, unmöglich begreifen. Man wird ordentlich zum Nimmersatt, der Magen zu einem wahren Schlunde, der alles in seinen Bereich zieht und verschlingt. Kaum dass ich die Zeit erwarten konnte, bis die Mulattin die Steaks brachte. Bob schien mein Appetit ungemein zu freuen. Ein freundlich wehmütiges Grinsen überflog ihn, wenn sein wirrer Blick auf mich fiel; aber trotz meines ermunternden Zuredens ließ er sich nicht bewegen, teilzunehmen. Nüchtern, murmelte er mir zu, müsse das abgetan werden, was er zu tun habe, und nüchtern wolle er bleiben, bis er abgewälzt habe die Last. So saß er, die Augen stier auf einen Punkt gerichtet, die Gesichtsmuskeln starr. Irgendein Fremder, der eingetreten, müsste ihn für ein Waldgespenst gehalten haben. Die Leiden des Elenden waren zu grässlich, um ihn länger zu quälen. So bestiegen wir denn, nachdem ich mich restauriert, abermals die Pferde.

Diesmal vermochte ich bereits schneller zu reiten; in weniger denn drei Viertelstunden waren wir wieder vor dem Hause.

Wir wurden in ein für Texas recht artig möbliertes Parlour eingeführt, wo wir den Squire, oder richtiger zu sagen, den Alkalden, seine Zigarre rauchend, trafen. Er hatte soeben gefrühstückt, denn Teller und Schüsseln, darunter mehrere unberührt, standen noch auf dem Tische. Von Komplimenten war er offenbar kein großer Freund, ebenso wenig von Kopfbrechen oder unserer Yankee-Neugier, denn kaum dass er, während er unsern guten Morgen zurückgab, die Begrüßung mit einem Blick erwiderte. Beim ersten Anblick sah man, dass er aus Westvirginien oder Tennessee stammte; denn nur da wachsen diese antediluvianischen Riesengestalten. Selbst sitzend ragte er über den die Teller und Gedecke stellenden Neger hinaus. Dazu hatte er ganz den westvirginischen Herkulesbau, die enorme Brust, die massiven Gesichtszüge und Schultern, die scharfen grauen Augen, überhaupt ein Ensemble, das wohl rohen Hinterwäldlern imponieren konnte.

Bob schaute er mit einem langen, forschenden Blicke an, mich dagegen schien er sich für später aufzusparen; denn obwohl der Neger nun alles zum Frühstück zurechtgelegt, ich auch einen Sessel genommen, war ich doch noch nicht der Ehre eines näheren Skrutiniums gewürdigt worden. Es lag aber auch wieder viel Takt und Selbstbewusstsein in seiner Art und Weise, wenigstens verriet sie, dass er einen Alkalden zu repräsentieren verstand. Bob war, den mit dem blutigen Sacktuch verbundenen Kopf auf die Brust gesenkt, stehen geblieben. Er schien Respekt vor dem Squire zu fühlen.

Dieser hob endlich an: ›Ah, seid Ihr wieder da, Bob! Haben Euch schon lange nicht gesehen, schier geglaubt, dass Ihr uns vergessen. Sag Euch, haben schier geglaubt, hättet Euch um ein Haus weiter gemacht. Wohl, wohl, Bob. Hätten uns auch nicht den Hals abgerissen, denn sag Euch, sind mir Spieler verhasst, hasse sie, Mann, ärger als die Skunke. Stinktiere. Ist ein liederliches Wesen mit dem Spiele, hat manchen Mann ruiniert, zeitlich und ewig ruiniert – hat Euch auch ruiniert.‹

Bob gab keine Antwort.

›Hätten Euch übrigens letzte Woche gut brauchen können; wäret überhaupt gut zu brauchen. Ließe sich noch ein wertvolles Glied der bürgerlichen Gesellschaft aus Euch machen, wenn Ihr nur das sündige Spielen lassen könntet. Meine Stieftochter letzte Woche angekommen. Mussten um den Joel senden, uns einen Hirschbock und ein paar Dutzend Schnepfen zu schießen.‹

Bob gab noch immer keine Antwort.

›Jetzt geht hinaus in die Küche und lasst Euch zu essen geben.‹

Bob gab weder Antwort, noch ging er.

›Hört Ihr nicht? In die Küche sollt Ihr hinaus und Euch zu essen geben lassen. Und Ptoly‹, sprach er zum Neger, ›sag der Veny, sie soll ihm eine Pinte Rum bringen.‹

›Brauche Euren Rum nicht, bin nicht durstig‹, knurrte Bob.

›Scheint so, scheint so!‹ versetzte lakonisch der Richter. ›Scheint, als hättet Ihr bereits mehr genommen als nötig. Seht schier aus, als ob Ihr eine wilde Katze lebendig verschlingen könntet.‹

Bob knirschte mit den Zähnen, was aber der Richter zu überhören schien.

›Und Ihr?‹ wandte er sich jetzt zu mir. – ›Was Teufel, Ptoly! Was stehst du? Siehst du nicht, dass der Mann frühstücken will? Wo bleibt der Kaffee? Oder trinkt Ihr lieber Tee?‹

›Danke Euch, Alkalde, ich habe soeben gefrühstückt.‹

›Schaut nicht danach aus. Seid doch nicht krank? Wo kommt Ihr her? Was ist Euch zugestoßen? Habt doch nicht die Ague? Wie kommt Ihr zu Bob?‹

Erst jetzt fiel sein Blick forschender auf mich, dann wieder auf Bob. Offenbar kalkulierte er, was wohl den Besuch veranlasst, mich in Bobs Gesellschaft gebracht haben könne. Das Resultat seiner physiognomischen Beobachtungen schien weder Bob noch mir sehr günstig.

›Sollt alles hören, Richter!‹, beeilte ich mich, ihm zu antworten; ›verdanke Bob sehr viel, ganz eigentlich mein Leben.‹

›Euer Leben? Bob verdankt Ihr Euer Leben?‹ rief der Richter, ungläubig den Kopf schüttelnd.

›Ja, das verdanke ich ihm wirklich, denn ich war auf dem Punkte zu vergehen, als er mich fand. Bin nämlich – in der Jacinto-Prärie verirrt – vier Tage herumgeirrt, ohne einen Bissen über die Zunge gebracht zu haben. Gestern fand und zog mich Bob aus dem Jacinto.‹

›Ihr habt Euch doch nicht ...?‹

›Nein, nein!‹, fiel ich ein; ›mein durstiger Mustang sprang mit mir in den Fluss, und kraftlos, wie ich war, fiel ich hinein.‹

›So!‹, sprach der Richter, ›so hat Euch also Bob gerettet? Ist das wahr, Bob? Wohl, freut mich, Bob, freut mich das wieder. Wenn Ihr nur von Eurem Johnny lassen könntet. Sage Euch, Bob, der Johnny wird Euch noch ins Verderben bringen. Lasst ihn besser.‹ Alles das war bedächtig, mit Nachdruck gesprochen, dazwischen immer ein Trunk genommen und ein paar Rauchwolken aus der Zigarre gezogen und gestoßen.

›Ja, Bob‹, wandte er sich wieder an diesen, ›wenn Ihr von dem Johnny lassen könntet!‹

›Ist zu spät!‹ versetzte Bob.

›Weiß nicht, warum es zu spät sein sollte; ist nie zu spät, ein sündig verdorbenes Lasterleben aufzugeben; nie, Mann!‹

›Kalkuliere, ists aber doch!‹ versetzte halb trotzig Bob.

›Ihr kalkuliert, es ist?‹ versetzte der Richter, ihn scharf fixierend. ›Und warum kalkuliert Ihr? Nehmt ein Glas. Ptoly, ein Glas! – und sagt an, warum es zu spät sein sollte, Mann?‹

›Habe keinen Durst, Squire‹, versetzte Bob.

›Reden jetzt nicht vom Durst; – ist der Rum nicht gegen den Durst – ist der Rum, mäßig genossen, das Herz und Nieren zu stärken, die blue Devils zu vertreiben; aber mäßig muss er genossen werden.‹

Und so sagend, füllte er sich ein Glas und leerte es zur Hälfte.

›Reden aber nicht vom Durst‹, hob er wieder an; ›reden davon, dass es zu spät sein sollte. Warum sollte es zu spät sein?‹

Und wieder schaute er ihn scharf an.

›Liegt mir nicht, der Rum‹, brummte wieder Bob, ›liegt mir etwas anderes im Magen.‹

›Liegt Euch etwas anderes im Magen?‹ fiel der Richter ein, die Rauchwolken seiner Zigarre von sich blasend. ›Etwas anderes liegt Euch im Magen? Wohl, Bob, was liegt Euch denn so im Magen? Nehmt eine Zigarre, Mann‹, wandte er sich zu mir. ›Wollen hören, was ihm im Magen liegt. Oder wollt Ihr unter vier Augen mit mir reden? Ist zwar heute Sonntag, Mann, und am Sonntage sollen die Geschäfte ruhen; aber da Ihr es seid und Magendrücken habt, so wollen wir schauen.‹

›Habe den Gentlemen express mitgebracht, dass er Zeuge sein, hören solle‹, versetzte Bob, eine Zigarre nehmend.

Der Richter, obwohl er ihn zu dieser nicht geladen, hielt ihm ganz ruhig das brennende Licht hin.

Bob rauchte die Zigarre an, tat einige Züge, schaute den Richter bedenklich an und warf dann die Zigarre zum Fenster hinaus.

›Schmeckt mir nicht, Squire, schmeckt mir nichts mehr, wird immer ärger.‹

›Ah, Bob, wenn Ihr nur Euer ewiges Spielen und Trinken lassen könntet! Sind diese Euer Fieber, Eure Ague-Cakes, Euer Verderben.‹

›Ist nichts, Squire, hilft alles nichts; muss heraus. Kämpfte, stritt lange mit mir. Glaubte es zu verwinden, niederzudrücken; geht aber nicht. Habe manchen unter die siebente Rippe, aber dieser ...‹

›Was habt Ihr?‹ sprach der Richter; der, nachdem er die Zigarre gleichfalls durch das Fenster geworfen, Bob mit einer etwas richterlichen Miene maß. ›Was gibt es wieder ? Was sollen die Reden von siebenten Rippen? Keine

Eurer Sodoma- und Unter-Natchez-Sprünge, hoffe so; könnten sie hier nicht brauchen; verstehen hier keine solchen Späße.‹

›Pooh! Verstehen sie noch weniger drüben in Natchez. Hätten sie sie verstanden, wäre Bob nicht in Texas.‹

›Aber Eure Knochen bleichten dafür drüben irgendwo an einem Baume oder in einem Graben? Wissen das, wissen das, Bob! Je weniger davon geredet wird, desto besser. Habt aber hier versprochen, den alten sündigen Menschen aus-, einen neuen anzuziehen, und wollen deshalb alte Geschichten nicht aufrühren.‹

›Habs wollen, habs wollen‹, stöhnte Bob; ›geht aber nicht, hilft alles nichts; muss heraus, sag es Euch, muss heraus. Wird nicht besser, als bis ich gehängt bin.‹

Ich starrte Bob sprachlos an; der Richter jedoch nahm eine frische Zigarre, zündete sie an, und nachdem er sie in Rauch gesetzt, sprach er ganz gelassen: ›Nicht besser, als bis Ihr gehängt seid? Ja, aber warum wollt Ihr denn gehängt sein? Freilich solltet Ihr das schon lange, denn wenn die Zeitungen in Georgien, Alabama und Mississippi nicht alle lügen, so habt Ihr den Strick wenigstens ein Dutzend Mal verdient, in den Staaten drüben nämlich; aber hier sind wir in Texas, unter mexikanischer Gerichtsbarkeit. Geht uns hier nichts an, was Ihr drüben verbrochen, so Ihr nur hier nichts angestellt. Wo kein Kläger, da ist auch kein Richter.‹

›Ho! Es ist aber doch ein Kläger,‹ versetzte trotzig Bob; ›ist einer, sag ich Euch‹, setzte er leiser und schaudernd hinzu.

›Ein Kläger? Und wer sollte der Kläger sein?‹ fragte der Richter, mich anschauend.

›Wer der Kläger sein sollte?‹, murmelte Bob. ›Wer der Kläger sein sollte?‹ wiederholte er, wechselweise den Richter und wieder mich anstierend.

›Sendet den Neger hinaus, Squire‹, unterbrach er sich plötzlich und nicht ohne Selbstgefühl. ›Was ein freier weißer Mann, ein Bürger, zu sagen hat, soll nicht von schwarzen Ohren gehört werden.‹

›Ptoly, geh hinaus!‹, befahl der Richter; dann wandte er sich wieder zu Bob. ›Sagt, was Ihr zu sagen habt oder sagen wollt! Aber merkts Euch, zwingt Euch niemand dazu. Ist auch nur guter Wille, dass ich Euch überhaupt höre, ist Sonntag.‹

›Weiß es‹, murmelte Bob, ›weiß es, Squire! Lässt mich aber nicht ruhen, habe alles versucht. Bin hinüber nach San Felipe de Austin, hinab nach Anahuac, half alles nichts. Wohin ich immer gehe, das Gespenst folgt mir richtig nach, treibt mich zurück unter den verfluchten Patriarchen.‹

›Unter den Patriarchen?‹, fragte der Richter.

›Ei, unter den Patriarchen!‹, stöhnte Bob. ›Wisst Ihr den Patriarchen? – Steht nicht weit von der Furt am Jacinto!‹

›Weiß, weiß!‹ versetzte der Richter. ›Und was treibt Euch unter den Patriarchen?‹

›Was mich treibt?‹, murmelte Bob in sich hinein. ›Was treibt einen – einen, der ...‹

›Einen, der?‹, fragte leise der Richter.

›Einen, der‹, fuhr in demselben leisen Tone Bob fort, ›einen, der einem andern eine Unze Blei in den Leib getan. Liegt da, der andere, unterm Patriarchen, den ich ...‹

›Den Ihr?‹, fragte wieder leise der Richter.

›Nun, den ich kalt gemachte, schnappte mit einem ungeduldigen Rucke Bob heraus.

›Kalt gemacht?‹, fragte in stärkerem, beinahe rauem Tone der Richter. ›Ihr ihn? Wen?‹

›Je nun, wen? Warum lasst Ihr mich nicht ausreden? Habt immer Euren Palaver darein‹, brummte verdrießlich Bob.

›Werdet wieder einmal salzig, Bob!‹ fiel ihm der nun gleichfalls ungeduldig werdende Richter in einem Tone ein, so zähledern verdrießlich und doch wieder gleichmütig, dass mir ordentlich unheimlich wurde, ich unwillkürlich an den Hals fühlte, ob das Messer noch nicht an der Kehle, denn dieser Ton ließ doch alles befürchten. In meinem Leben hatte ich so nicht von einem Morde verhandeln gehört. Ich horchte, spitzte die Ohren, meine abgespannten Sinne und Nerven hatten mich vielleicht getäuscht. Vielleicht war die Rede von einem ungeschickt kalt gemachten Bären oder Panther. Einen Augenblick dachte ich auch, es müsse so sein; das Gesicht des Richters verriet so gar keine, auch nicht die leiseste Aufregung, war so handwerksmäßig metzgerartig verdrießlich zu schauen; aber dann das Bobs! Diese Angst und Verzweiflung, diese entsetzliche Unheimlichkeit, mit der es ihm sein Geständnis brockenweise und gleichsam wider Willen herauszwängte, als ob er vom bösen Feinde besessen; die furchtbare Qual, die ihn verzerrte, die rollenden, wie von einer Furie gepeitschten, und wieder stier und entsetzt, wie vor einem Gespenst erstarrenden Augen! Meine Philosophie war hier zu Ende, alle meine Menschenkenntnis überm Haufen. Der Richter rauchte so ruhig fort, als ob, wie gesagt, die Rede von einem ungeschickt geschlachteten Kalbe oder Rinde gewesen wäre. Mir verging Hören und Sehen bei dieser Gefühllosigkeit, die denn doch alles übertraf, was ich je derart gesehen oder gehört.

Er mochte mir unterdessen die Gedanken so ziemlich im Gesichte ablesen, denn nachdem er mich einen Augenblick fixiert, unterbrach er nicht ohne ein spöttisches Lächeln die Pause.

›Wenn Ihr glaubt, Fremdling, in unserm Lande sogenannte gute Gesellschaft zu finden, werdet Ihr Euch wahrscheinlich früher enttäuscht finden, als Euch angenehm sein dürfte. Haben weder New Yorker noch Bostoner feine Gentlemen hier, brauchen sie auch nicht, können sie leicht entbehren. Wird noch, Gott sei Dank! Einige Zeit dauern, bis Eure New Yorker und Londoner und Pariser Fashionables zu uns kommen und uns ihre Manieren oder, besser zu sagen, Unmanieren lehren, die, abgerechnet Sie, vielleicht um kein Haar besser sind als der arme Teufel, den Ihr hier vor Euch seht. Ei, sind bei uns die Teufel nicht so schwarz und bei Euch die Engel nicht so weiß, wie sie aussehen. Werdet hier noch 'ne andere Philosophie kennenlernen, als die Ihr aus Euren Büchern habt.‹

›Lasst weiter hören, Mann!‹ wandte er sich wieder ruhig zu Bob. ›Kalkuliere, ist doch weiter nichts, als einer Eurer gewöhnlichen Tantarums.‹

Bob schüttelte den Kopf.

Der Richter schaute ihn einen Augenblick scharf an und sprach dann in zutraulich ermunterndem Tone: ›Also unterm Patriarchen, und wie kam er unter den Patriarchen?‹

›Schleppte ihn darunter, begrub ihn da, vermute ich‹, versetzte Bob.

›Schlepptet ihn darunter? Und wie kam es, dass Ihr ihn darunter schlepptet?‹

›Weil er wohl selbst nicht gehen konnte, mit mehr als einer halben Unze Blei im Leibe.‹

›Und die halbe Unze Blei tatet Ihr ihm in den Leib, Bob? Wohl, wenn es Johnny war, habt Ihr dem Lande einen Dienst erwiesen, uns einen Strick erspart.‹

Bob schüttelte den Kopf.

›War es nicht, obwohl Johnny – doch mögt hören: Ist, wisst Ihr, gerade zehn Tage, dass Ihr mich ausgezahlt, zahltet mir zwanzig, fünfzig.‹

›Richtig! Zwanzig Dollars, fünfzig Cents, Bob! Und mahnte Euch, das Geld stehen zu lassen, bis Ihr ein paar Hundert Dollars oder so viel beisammen hättet, dass Ihr Euch ein Viertel oder ein Achtel Sitio Land kaufen könntet; aber hilft bei Euch alles Reden nichts.‹

›Hilft nichts!‹, fiel Bob ein; ›treibt mich immer der Teufel, der mich nun schon einmal haben will; trieb mich, und wollte hinab nach San Felipe zu den Mexikanern. Wollte da mein Glück versuchen und auch den Doktor fragen.‹

›Wozu braucht Ihr den Doktor? Konntet Euer Fieber längst los sein, wenn Ihr nur vierzehn Tage mit Eurem Trinken aussetztet; denn sind hier gar nicht so bös, die Fieber. Ist aber mit Euch ein wahres Kreuz, Bob. Seid ein wilder, ungeregelter, gar ungeregelter Bursche, und dann Euer Umgang mit Johnny. Wollen aber jetzt dem Unwesen mit Johnny ein Ende machen. Sind alle Nachbarn einverstanden. Wohl, waret also auf dem Wege nach San Felipe?‹

›Wohl, war auf dem Wege nach San Felipe, und wie ich so meinen Weg ritt, führt mich der Teufel oder mein Unstern, denn der eine oder der andere war es, kalkuliere ich, an Johnnys Hause vorüber. Verspürte wohl Lust zu einem Glase, aber stieg doch nicht ab.

Stieg nicht ab‹, fuhr er fort, ›aber wie ich vom Rücken meines Mustangs hineinschaue durch die Fensterläden in die Stube, sehe ich einen Mann am Tische sitzen, der sichs wohlschmecken lässt, bei einer Schüssel Steaks und Bataten und einem Glase Steifen. Machte mir das Appetit, stieg aber doch nicht ab.

Wollte nicht; aber wie ich so schaue und ruminiere, kommt der Satan, der Johnny, geschlichen, wispert mir zu, möchte absteigen, es wäre ein Mann im Hause, mit dem etwas anzufangen wäre, wenn wirs gescheit einfädelten; habe eine Geldkatze um den Leib, die schönste, gespickteste Geldkatze, die man nur sehen könnte; und wenn wir just spaßeshalber ein Spielchen machten, würde er wohl anbeißen. –

Hatte nicht rechte Lust‹, fuhr Bob fort, ›und kalkulierte und ruminierte eine ziemliche Weile; aber knurrte Johnny und tat gar so heimlich und schmeichelnd, und wie er gar so tut, steige ich endlich ab, und wie ich absteige und mir die Dollars im Sacke klimpern, bekomme ich auch Lust, und lustig trete ich ein. – Lustig trete ich ein‹, fuhr der Mann wild lachend fort, ›ein Glas folgt dem andern; Beefsteaks und Bataten waren auch da, ich aß aber nur ein paar Bissen.

Hatte kaum ein paar Bissen drunten und ein, drei, vier Gläser, als Johnny Karten und Würfel brachte. Holla, Johnny! Karten und Würfel, Johnny! Habe zwanzig Dollar fünfzig in der Tasche, Johnny! Wollen ein Spiel machen, Johnny! Wollen, aber nüchtern, sag ich, Johnny! Denn kenne dich, Johnny!

Johnny aber lacht gar pfiffig und rüttelt Würfel und Karten; und wir heben zu spielen an.

Spielen, und dazwischen trinken wir; ich aber mehr als Johnny, und mit jedem Glase werde ich hitziger, meiner Dollars aber weniger. Rechnete auf den Fremden, kalkulierte, würde der eintreten, dass wir ihn rupfen könnten; saß aber da und aß und trank, als ob ihn das Ganze gar nichts anginge. Wurde, ihm Lust zu machen, immer toller, half aber alles nichts; aß und trank ruhig fort. Ehe eine halbe Stunde vergangen, war ich abgetakelt, meine zwanzig, fünfzig beim Teufel oder, was dasselbe ist, Johnnys.

Wie ich kahl war, ward es mir vor den Augen, Squire! Just wie grün und blau wars mir. Nicht bald war mirs so gewesen. Hatte hundertmal größere Summen verspielt, Hunderte, ja Tausende von Dollars verspielt, aber diese Hunderte, ja Tausende hatten mich auch nicht den hundertsten, tausendsten Teil der Mühe gekostet, die mir diese zwanzig, fünfzig nahmen; wisst, habe zwei volle Monate in Wäldern und Prärien herumgelegen, mir das Fieber an den Hals gezogen. Das Fieber hatte ich noch, aber kein Geld, es zu vertreiben. War Euch so wild, konnte mit einem Jaguar anbinden; sprang auch wild, wie ich war, auf Johnny zu; lachte mir nur höhnisch ins Gesicht, klimperte dazu mit meinen Dollars. Bekam dafür eine Kopfnuss, die, wäre er nicht auf die Seite gesprungen, ihm für acht Tage das Lachen vertrieben hätte.

Hinkt aber doch wieder heran. Hinkt wieder heran, und mir nach, und winkt mir und raunt mir heimlich zu: Bob, raunt er mir zu, Bob, seid Ihr denn gar so auf einmal aus der Art geschlagen, ein Hasenherz geworden, dass Ihr nicht seht, nicht die volle Katze seht, sagt er, mit den Augen auf die Katze hinblinzelnd, die der Mann um den Leib hatte und die, lachte er, für wenig mehr als eine halbe Unze Blei zu haben wäre.‹

›Sagte er das?‹, fragte der Richter.

›Ei, sagte ers‹, bekräftigte Bob, ›sagte ers. Wollte aber nichts davon hören – war so wild von wegen der zwanzig Dollars; sagte ihm, wenn er Lust auf die gespickte Katze habe, möge er sie ebenso wohl selbst dem Fremden abnehmen, brauche mich nicht dazu, ihm die Kastanien aus der heißen Asche zu ziehen; solle gehen und verflucht sein. Gab meinem Mustang die Sporen und ritt wild davon. – Ritt davon‹, fuhr Bob fort. ›In meinem Kopfe gings herum wie in einer Tretmühle. Lagen mir die zwanzig, fünfzig bestialisch im Kopfe. Zu Euch wollte ich nicht, durfte auch nicht, wusste, würdet gescholten haben.‹

›Würde nicht gescholten haben, Bob! Würde zwar gescholten haben, aber zu Eurem Besten. Würde den Johnny vor mich zitiert, eine Jury von zwölf Nachbarn zusammenberufen, Euch zu Euren zwanzig, fünfzig, Johnny aber aus dem Lande oder noch besser, aus der Welt verholfen haben.‹

Die Worte waren zwar noch immer mit vielem Phlegma, aber auch einer Herzlichkeit, einer Teilnahme gesprochen, die mir eine etwas bessere Meinung von der Gewissenszartheit des guten Richters beibrachten. Auch Bob schienen sie wohltätig berührt zu haben. Er holte einen tiefen Seufzer, schaute den Richter gerührt an.

›Ist zu spät‹, murmelte er, ›zu spät, Squire.‹ ›Nicht zu spät‹, versetzte der Richter; ›doch lasst weiter hören.‹ ›Wohl‹, hob wieder Bob an, ›wie ich so herumritt, war bereits Abend, ritt gegen das Palmettofeld zu, wisst Ihr? Am andern Ufer des Jacinto.‹

Der Richter nickte.

›Ritt so am Palmetto hinauf. – Wie ich so reite, höre ich auf einmal Pferdegetrampel. – Höre Pferdegetrampel‹, fuhr er fort. ›Wie ich das höre, wird mir so kurios zumute, so kurios, wie mir im Leben nicht gewesen, schauderhaft wird mir zumute, ganz kalt überrieselt es mich. War mir, als ob mir zehntausend böse Geister in die Ohren heulten, verlor die Besinnung, verging mir Sehen und Hören, wusste nicht mehr, wo ich war. Stand mir bloß die gespickte Geldkatze vor Augen und meine zwanzig Dollars, fünfzig. Sah nichts, hörte nichts anders.

Hörte nichts, hörte aber doch, hörte eine Stimme; ruft mich an, die Stimme ruft: ›Woher des Weges und wohin, Landsmann?‹

›Woher und wohin?‹, murmele ich; ›woher und wohin? Zum Teufel‹, sage ich, ›und dahin mögt Ihr gehen und ihm Botschaft bringen.‹

› Die mögt Ihr ihm selbst überbringen‹, sagt lachend der Fremde, ›wenn Ihr Lust habt, mein Weg geht nicht zu ihm.‹

Und wie er so sagt, schau ich auf und sehe, dass es der Mann ist mit der Geldkatze; wusste es zwar, aber schaute doch auf.

›Seid Ihr nicht der Mann‹, sagt er, ›den ich drüben in der Herberge gesehen?‹

›Und wenn ichs bin, was geht es Euch an?‹, sag ich ihm.

›Nichts, das ich wüsste‹, sagt er; ›geht mich freilich nichts an‹, sagt er.

›Wohl, so zieht Eures Weges und sagt, seid da gewesen‹, sag ich.

›Will, will!‹, sagt er. ›Und nichts für ungut‹, sagt er, ›ein Wort ist kein Pfeil‹, sagt er; ›und kalkuliere, hat Euch Euer Spielverlust eben nicht in kirchengängerische Laune versetzt‹, sagt er. ›Wenn ich Ihr wäre, würde wahrlich meine Dollars nicht auf Karte und Würfel setzen‹, sagt er.

Und machte mich das, dass er mir meinen Verlust in die Zähne warf, so giftig; war Euch giftig wie 'ne wilde Katze.

Halte aber doch meinen Zorn zurück. Stieg mir aber auf, die Galle, spürte es: ward tückisch.

›Seid mir ein sauberer Geselle‹, sag ich, ›da einem seinen Spielverlust in die Zähne zu reiben, ein elender Geselle!‹

Wollte ihn nämlich aufreizen und dann mit ihm anbinden. Hatte aber keine Lust zum Anbinden, sagt ganz demütig: ›Werfe Euch nichts in die Zähne; behüte mich Gott, Euch Euren Verlust in die Zähne zu reiben; bedaure Euch im Gegenteil. Seht mir nicht aus wie einer, der viele Dollars zu verlieren hat. Seht mir aus wie ein hartschaffender Mann, der sich sein Geld sauer verdienen muss.‹

›Ei wohl, hartschaffiger Mann!‹, sag ich, ›wohl muss ich mir mein Geld sauer verdienen.‹

Und hatten wir so gehalten und waren schier am obern Ende des Canebrake, nahe am Waldsaume, der den Jacinto einsäumt, und hatte mich hart an ihn und der Teufel sich an mich genistet.

›Wohl, hartschaffiger Mann‹, sag ich, ›und alles verloren, alles, keinen Cent zu einem Bissen Kautabak.‹

›Wenn sonst nichts ist als das‹, sagt er, ›da lässt sich wohl abhelfen. Kaue zwar nicht, bin auch kein reicher Mann, habe Weib und Kind und brauche jeden Cent, den ich habe; aber einem Landsmann zu helfen, ist Bürgerpflicht. Sollt Geld zu Kautabak und einem Dram haben.‹

Und so sagend, langte er den Beutel aus seiner Tasche, in dem er seine Münze hatte. War ziemlich voll, der Beutel, mochten wohl an zwanzig Dollars darin sein, und war mir, als ob der Teufel mir aus dem Beutel heraus zulache.

›Halbpart!‹, sag ich.

›Nein, das nicht; hab Weib und Kind und gehört denen, was ich habe; aber einen halben Dollar.‹

›Halbpart!', sag ich, ›oder ...‹

›Oder?‹, sagt er, und wie er so sagt, steckt er den Beutel wieder in die Tasche und langt nach der Rifle, die er über der Schulter hat. ›Zwingt mich nicht‹, 'sagt er, ›Euch Leides anzutun. Tut das nicht‹, sagt er, ›möchte ich, möchtet Ihr es bereuen! Bringt keinen Segen, was Ihr vorhabt.‹

Ich aber höre nicht mehr, sehe nicht mehr; zehn Millionen böse Geister haben mich ergriffen.

›Halbpart!‹, schreie ich, und wie ich so schreie, hopst er auch im Sattel auf, fällt zurück – über den Rücken seines Gauls hinab.

›Bin ein toter Mann!‹ röchelte er noch. ›Gott sei mir gnädig und barmherzig! Mein armes Weib, meine armen Kinder!'‹

Bob hielt jetzt inne, der Atem stockte ihm, der Schweiß stand ihm in großen Tropfen auf der Stirn. Grausig starrte er in die Ecke des Zimmers hinein.

Auch der Richter war bleich geworden. Ich hatte es versucht aufzustehen, taumelte aber wieder zurück; ohne die Tafel wäre ich gesunken.

Eine düstere Pause trat ein. Endlich murmelte der Richter: ›Ein harter, harter Fall! – Vater, Mutter, Kinder mit einem Schlage! Bob, Ihr seid ein grässlicher Geselle, ein grässlicher Geselle, geradezu ein Bösewicht!‹

›Ein grässlicher Geselle!‹, stöhnte Bob, ›die Kugel war ihm mitten durch die Brust gegangen.‹

›Vielleicht war Euch der Hahn abgeschnappt?‹, sprach leise, wie ängstlich, der Richter; ›vielleicht wars seine eigene Kugel?‹

Bob schüttelte den Kopf.

›Weiß es wohl, denn steht mir noch so deutlich vor Augen, wie er sagt: 'Tut das nicht, zwingt mich nicht, Euch Leides anzutun. Möchtet Ihr, möchte ich es bereuen!' – Drückte aber ab, war der Teufel, der michs tun hieß. Seine Kugel steckt noch im Rohre. Wie er jetzt vor mir lag‹, fuhr er stöhnend fort, ›wurde mir, kann Euchs gar nicht beschreiben, wie mir wurde. War nicht der erste, den ich kalt gemacht, aber alle Geldkatzen und Beutel der Welt hätte ich jetzt darum gegeben, die Tat ungeschehen zu machen. Nein, soll der letzte sein, soll und muss der letzte sein; denn lässt mich nicht mehr ruhen, nicht mehr rasten. In der Prärie gar, da ists am ärgsten, sag Euchs geradezu, am allerärgsten. Lässt mich nicht mehr in der Prärie, treibt mich immer unter den Patriarchen. Muss ihn auch unter den Patriarchen geschleppt, da mit meinem Weidmesser verscharrt haben, denn fand ihn da.‹

›Fandet ihn da?‹, murmelte der Richter.

›Weiß nicht, wie er dahin kam, muss ihn wohl selbst hingebracht haben, denn fand ihn da. Sah aber nichts mehr, hörte nur die Worte: 'Gott sei mir gnädig und barmherzig! Bin ein toter Mann! Mein armes Weib, meine armen Kinder!'‹

›Bringt wohl keinen Segen, was ich getan!‹, stöhnte er wieder. ›Bringt keinen, habe es erfahren. Gellen mir die Worte immer und ewig in den Ohren.‹

Der Richter war aufgestanden und ging in tiefen Gedanken heftig im Parlour auf und ab. Auf einmal hielt er an.

›Was habt Ihr mit seinem Gelde getan?‹

›Stand mir immerfort vor Augen‹, murmelte Bob. ›Wollte nach San Felipe, hatte seinen Beutel zu mir gesteckt, aber seine Katze mit ihm begraben, auch eine Flasche Rum und Brot und Beefsteaks, die er von Johnny mitgenommen. Ritt den ganzen Tag. Am Abend, wie ich absteige und ins Wirtshaus, das ich vor mir sehe, einzutreten gedenke, wo glaubt Ihr, dass ich war?‹

Der Richter und ich starrten ihn an.

›Unter dem Patriarchen. Hatte, statt mich nach San Felipe zu lassen, der Geist des Gemordeten mich unter den Patriarchen getrieben. Ließ mich da nicht ruhen, bis ich ihn aus- und wieder eingescharrt, aber den Mantelsack nicht.‹

Der Richter schüttelte den Kopf.

›Versuchte es den folgenden Tag mit einer andern Richtung; brauchte Kautabak, hatte keinen mehr. Reite nach Anahuac, durch die Prärie. Wollte um jeden Preis nach Anahuac, hoffte, mirs da schon ausm Sinn zu schlagen. Ritt auf Leben und Tod auf Anahuac zu – den ganzen Tag. Am Abend, wie ich aufschaue, die Salzwerke zu sehen glaube, wo glaubt Ihr, dass ich wieder war? Richtig wieder unterm Patriarchen. Grub ihn wieder aus, schaut ihn mir wieder von allen Seiten an, vergrub ihn dann wieder.‹

›Quer das!‹ versetzte der Richter.

›Ei, sehr quer!‹ stimmte Bob bei. ›Hilft alles nichts, sag es Euch, geben mir nicht Ruhe, hilft alles nichts. Wird nicht besser, als bis ich gehängt bin.‹

Bob fühlte sich sichtbar erleichtert, nachdem er dies gesprochen. Aber, so seltsam es klingen mag, auch ich. Unwillkürlich nickte ich beistimmend. Der Richter allein verzog keine Miene. ›So‹, sprach er, ›so! So glaubt Ihr, es wird nicht besser, als bis Ihr gehängt seid?‹

›Ja‹, versetzte mit eifriger Hast Bob. ›Gehängt an demselben Patriarchen, unter dem er begraben liegt.‹

Jetzt nahm der Richter eine Zigarre, zündete sie an und sprach dann: ›Wohl, wenn Ihr es so haben wollt, wollen wir sehen, was sich für Euch tun lässt. Will die Nachbarn morgen zur Jury zusammenrufen lassen.‹

›Dank Euch, Squire‹, brummte Bob, sichtbar erleichtert.

›Will sie zu einer Jury zusammenrufen lassen‹, wiederholte der Alkade, ›und dann schauen, was sich für Euch tun lässt. Werdet vielleicht andern Sinnes.‹

Ich schaute ihn wieder an, wie aus den Wolken gefallen. Er schien es jedoch nicht zu bemerken.

›Gibt vielleicht noch einen andern Weg, Euer Leben loszuwerden, wenn Ihr es müde seid‹, fuhr er, die Zigarre aus dem Munde nehmend fort; ›könnt vielleicht den einschlagen, ohne dass Euer Gewissen Hühneraugen bekommt.‹

Bob schüttelte den Kopf, ich unwillkürlich gleichfalls. ›Wollen auf alle Fälle hören, was die Nachbarn sagen‹, sprach wieder der Richter.

Bob stand jetzt auf, trat auf den Richter zu, ihm die Hand zum Abschied zu reichen. Dieser versagte sie. Sich zu mir wendend, sprach er: ›Glaube, Ihr bleibt besser hier.‹

Bob wandte sich ungestüm.

›Der Gentlemen muss mit.‹

›Warum muss er mit?‹, fragte der Richter.

›Fragt ihn selbst.‹

Ich erklärte nochmals die Verbindlichkeit, die ich Bob schuldete, die Art und Weise, wie wir miteinander zusammengetroffen, wie er bei Johnny für mich gesorgt.

Er nickte beifällig, sprach aber dann bestimmt: ›Ihr bleibt nichtsdestoweniger hier, gerade jetzt umso mehr hier, und Bob, Ihr geht allein. Ihr seid in der Stimmung, Bob, die am besten allein bleibt, in einer gereizten Stimmung, versteht Ihr? Und deshalb lasst Ihr den jungen Mann hier. Könnte noch ein Unglück geben. Ist auf alle Fälle besser hier als bei Euch oder Johnny aufgehoben. Morgen kommt Ihr wieder, und da wollen wir sehen, was sich für Euch tun lässt.‹

Die Worte des Mannes waren mit jenem Gewichte gesprochen, dem Leute von Bobs Charakter selten zu widerstehen vermögen. Er nickte beifällig und ging.

Ich wieder saß noch immer wie betäubt, den seltsamen Mann anstarrend, er kam mir gar so unmenschlich, beinahe ogerartig vor!«

»Pferdegetrampel weckte mich am folgenden Morgen. Es war Bob, der angekommen, soeben abstieg. Aber welches Absteigen! Die Glieder schienen ihm den Dienst zu versagen, auseinanderstreben – reißen zu wollen, so verrenkt, schwankend, taumelnd waren seine Bewegungen. Anfangs glaubte ich, er sei betrunken, aber er war es nicht. Es war die Todesmüdigkeit des unter der Seelenqual erliegenden Körpers – er war gerade zu schauen, als ob er von der Folter käme. Die vierundzwanzig Stunden mussten ihm grässlich mitgespielt haben.

Schaudernd warf ich mich in die Kleider, sprang die Treppe hinab und öffnete die Haustür.

Den Kopf auf dem Nacken seines Mustangs ruhend, die Hände darüber gekreuzt, stand er, wechselweise zusammenschaudernd und wieder aus tiefster Brust heraufstöhnend.

›Bob, seid Ihr es?‹

Keine Antwort.

›Bob, wollt Ihr nicht ins Haus?‹ sprach ich, bemüht, eine seiner Hände zu erfassen.

Er schaute auf, stierte mich an, schien mich aber nicht zu erkennen. Ich zog ihn vom Mustang weg, band diesen an einen der Pfosten, und führte ihn dann ins Haus. Er ließ es mit sich geschehen, folgte willen-, beinahe kraftlos. Wie ich ihm einen Sessel stellte, fiel er in diesen hinein, dass der Sessel zusammenkrachte, das ganze Haus erschütterte. Aber kein Wort war aus ihm herauszubringen. Eben wollte ich mich in meine Schlafkammer zurückziehen, um meine Toilette soviel als möglich zu ordnen, als sich aber- und abermals Pferdegetrampel hören ließ. Es waren zwei Reiter, denen in einiger Entfernung mehrere folgten, alle in Jagdblusen, hirschledernen Beinkleidern und Wämsern, mit Rifles und Bowie-Knifes bewaffnet, feste, trotzige Gesellen, offenbar aus den südwestlichen Staaten, mit dem echten Kentucky-, halb Roß-, halb Alligatorprofile, auch der gehörigen Beigabe von Donner, Blitz und Erdbeben. Ein Dreitausend solcher Männer konnten es freilich mit einer Armee Mexikaner aufnehmen, wenn alle den Spindelbeinen gleichen, die ich gesehen, denn jede Hand dieser Kolosse wog füglich einen ganzen Mexikaner auf. Übrigens eine sehr behagliche Empfindung, als ich sie mit kentuckischer care-the-devil-Miene absteigen, ihrer Pferde Zügel dem Neger in die Hände werfen und dann in das Haus eintreten sah, ganz wie Leute, die, überall zu Hause, sich auch in Texas als die Herren zeigten, mehr so zeigten als die Mexikaner selbst. Das waren allerdings die Männer, die Texas zur Unabhängigkeit erheben konnten! Beim Eintritte in das Parlour nickten sie mir zwar einen guten, aber etwas kalten Morgen zu, ihre Falkenaugen hatten mit mir zugleich Bob erschaut, ein Zusammentreffen, das ihnen aufzufallen schien, obwohl sie dies unter der Maske gleichgültigen Nichtbeachtens verbargen; doch warfen sie mehrere Male, ohne sich übrigens in ihrer Unterhaltung stören zu lassen, sehr scharfe Blicke auf mich. Diese Unterhaltung bezog sich auf Rinder- und Kottonpreise, auf die Verhandlungen des Cohahuila- und Texas- und wieder Generalkongresses, auf die Demonstrationen, die von Metamora aus gegen Texas, wie es hieß, im Anzuge waren und die auch, wie Sie wissen, kurz darauf stattfanden, die sie aber bis jetzt nicht im Mindesten zu beunruhigen schienen. Man hätte schwören sollen, dass die drohenden Demonstrationen sie ganz und gar nichts angingen. Nach und nach kamen ihrer mehrere, sodass ihre Anzahl auf vierzehn stieg, alle fest, entschieden auftretende Gesellen, bis auf zwei, die mir weniger gefielen. Auch den Übrigen schienen sie nicht sehr zu gefallen, denn keiner reichte ihnen die Hand und kaum dass sie ihrem good morning ein stummes Nicken entgegengaben. Sie allein traten auf Bob zu, es versuchend, ihn zum Reden zu bringen, allein vergebens.

Der Richter war mittlerweile, nach dem Geräusche im anstoßenden Kabinette zu schließen, aufgestanden und mit seiner Toilette beschäftigt, die ihm aber nur wenig Zeit nehmen mochte, denn kaum waren drei Minuten seit dem Krachen des Bettes verflossen, als auch bereits die Tür aufging und er eintrat.

Zwölf von den Männern traten ihm freundlich, ja herzlich entgegen, die zwei blieben im Hintergrunde – auch schüttelte er nur den ersteren die Hand.

Als er den zwölfen die Hand geschüttelt, den zweien kalt zugenickt, trat er zu mir, nahm mich bei der Hand und stellte mich seinen Gästen vor. Erst jetzt erfuhr ich, dass ich vor keinen geringeren Personagen als den Beisitzern des Ayuntamiento von San Felipe de Austin stand, dass zwei meiner derben Landsleute Korregidoren, einer Prokurator, die übrigen aber buenos hombres – das heißt soviel als Freisassen – Mannen waren, Ehrenbenennungen, die sie übrigens nicht sehr hoch anzuschlagen schienen, denn sie begrüßten und nannten sich bloß bei ihren Familiennamen.

Jetzt brachte der Neger ein Licht, rückte die Zigarrenkistchen, die Armsessel zurecht, der Richter deutete auf den Schenktisch, die Zigarren, und dann ließ er sich nieder.

Einige nahmen einen Schluck, andere Zigarren. Über dem Einschenken, Trinken, dem Anbrennen, in Rauch Versetzen verging eine geraume Weile.

Bob krümmte sich währenddem wie ein Wurm.

Jetzt endlich, dachte ich, würde er ans Geschäft gehen, aber ich schloss fehl.

›Mister Morse!‹, redete er mich an, ›seid so gut, helft Euch.‹

Ich schenkte ein; er winkte mir, anzustoßen. Ich trat zu ihm, stieß mit ihm, allen Übrigen, bis auf die zwei, an.

Noch musste ich eine Zigarre nehmen, sie anbrennen, und erst als dies in Ordnung, nickte er zufrieden, die Arme auf die beiden Lehnen des Sessels stützend.

Es war etwas pedantisch Langweiliges, aber auch patriarchalisch Würdevolles und wieder Berechnetes in dieser langsamen Prozedur, die wirklich charakteristisch amerikanisch genannt werden kann. Wie wir alle äußeren Formen entbehren, hat unser ernster Nationalcharakter in dieser würde- und bedachtvoll einleitenden Langsamkeit sehr glücklich, wie mir scheint, die Formalitäten, den Pomp und die Repräsentation anderer Völker bei ihren Gerichts- und öffentlichen Verhandlungen ersetzt.

Nachdem denn endlich alle getrunken, alle ihre Zigarren angeraucht, sprach der Richter, die Zigarre absetzend und sein Glas ergreifend: ›Männer!‹

›Squire!‹ sprachen die Männer.

›Haben ein Geschäft vor uns, ein Geschäft, das, kalkuliere ich, besser der expliziert, den es betrifft.‹

Die Männer schauten den Squire, dann Bob, dann mich an.

›Bob Rock, oder was sonst Euer Name! So Ihr etwas zu sagen habt, so sagt es‹, sprach der Alkalde.

›Habs Euch ja schon gestern gesagt‹, brummte Bob, den Kopf noch immer zwischen den Händen, die Ellenbogen auf den Knien.

›Ja, aber müsst es heute wieder sagen. War gestern Sonntag, und ist der Sonntag, wisst Ihr, der Tag der Ruhe, der Feier, und nicht der Geschäfte. Sehe das, was Ihr an einem Sonntage sagt, als nicht gesagt an. Will Euch nicht nach Eurem gestrigen Sagen richten oder richten lassen. Habt es denn auch bloß unter vier Augen gesagt, denn Mister Morse rechne ich nicht, betrachte ihn noch als Fremdling.‹

›Aber wozu denn das ewige Palaver, wenn die Sache klar‹, knurrte Bob, den Kopf mürrisch erhebend.

Wie jetzt die Männer auf- und ihn anschauten, legte sich ein düsterer, finsterer Ernst um ihre eisernen Gesichter. Er war wirklich schauderhaft zu schauen, das Gesicht schwarzblau, die Wangen hohl, der grässliche

Bart, die blutunterlaufenen Augen, tief in den Höhlen rollend! Es war nichts Menschliches mehr in diesen Zügen.

›Wie Mississippiwasser‹, versetzte bedächtig der Richter. ›Klar wie Mississippiwasser, wenn es vierundzwanzig Stunden gestanden. Sag Euch, will weder Euch noch irgendjemanden auf sein Wort verdammen, umso weniger Euch, als Ihr in meinem Hause, zwar nicht in meinem Hause, aber doch in meinem Dienste gestanden, von meinem Brot gegessen. Will Euch nicht verdammen, Mann!‹

Bob holte tief Atem.

›Habt Euch gestern selbst angeklagt; hat aber Eure Selbstanklage einen Haken, habt das Fieber.‹

›Hilft alles nichts‹, stöhnte, wie gerührt, Bob. ›Hilft alles nichts. Sehe, meint es gut. Aber obwohl Ihr mich retten könnt von Menschenhänden, könnt Ihr mich doch nicht retten vor mir selbst. Hilft nichts, muss gehängt sein, an demselben Patriarchen gehängt sein, unter dem er liegt, den ich kalt gemacht.‹

Abermals schauten die Männer auf, sprachen aber kein Wort.

›Hilft alles nichts‹, fuhr Bob fort. ›Ja, wenn er mir gedroht, wenn er Streit angefangen, mir nur verweigert hätte, tat das aber nicht. Sagte, gellt mir noch in den Ohren, höre ihn noch, wie er sagt: ›Tut das nicht, zwingt mich nicht, etwas zu tun, was Ihr, was ich bereuen könnte! Tut das nicht, Mann! Habe Weib und Kind, und bringt keinen Segen, was Ihr vorhabt! ‹ – Hörte aber nicht‹, stöhnte er aus tiefster Brust herauf, ›hörte nichts als die Stimme des Teufels, warf die Rifle vor, schlug an, drückte ab.‹

Sein entsetzliches Stöhnen, das wie das unterdrückte Gebrüll eines Rindes tönte, schien selbst die eisernen Zwölf zu erschüttern. Sie betrachteten ihn mit scharfen, aber wie verstohlenen Blicken.

›So habt Ihr einen Mann totgemacht?‹, fragte endlich eine tiefe Bassstimme.

›Ei, so hab ich!‹ schnappte Bob heraus.

Und wie ihm die Worte entschnappten, schaute er den Fragenden stier an, der Mund blieb ihm weit offen.

›Und wie kam das?‹, fragte der Mann weiter.

›Wie es kam? Wie es kam? Müsst den Teufel fragen, oder auch Johnny. Nein, nicht Johnny, kann es Euch doch nicht sagen, der Johnny. War nicht dabei, der Johnny. Kann nur ich es sagen, und doch, kann es kaum sagen, weiß selbst nicht, wie es kam. Traf den Mann bei Johnny, weckte Johnny den Bösen in mir, zeigte mir seine Geldkatze.‹

›Johnny?‹, fragten mehrere.

›Ei, Johnny! Kalkulierte auf seine Geldkatze, war aber zu pfiffig, zu gescheit für ihn, und als er mir meine Federn, meine zwanzig, fünfzig, ausgerupft ...‹

›Zwanzig Dollars, fünfzig Cents‹, erläuterte der Richter, ›die er von mir für erlegtes Wild und eingefangene Mustangs erhalten.‹

Die Männer nickten.

›Und machtet den Mann, weil er nicht spielen wollte, kalt?‹, fragte wieder die Bassstimme.

›Nein, erst einige Stunden darauf am Jacinto, unweit dem Patriarchen. Begegnete ihm unterhalb und machte ihn kalt da.‹

›Dachte mir wohl, dass da etwas Apartes sein müsse‹, nahm ein anderer das Wort, ›denn war euch doch eine ganze Nation von Aasvögeln und Geiern und Turkeybuzzards und derlei Gezüchte auf und ab, als wir vorüber ritten. Nicht wahr, Mister Heart?‹ Mister Heart nickte.

›Traf ihn nicht weit vom Patriarchen und forderte halbpart von seinem Gelde‹, hob wieder instinktartig Bob an.

›Wollte mir etwas geben‹, fuhr er fort, ›einen Quid zu kaufen, und mehr als das, aber nicht halbpart. Sagte, habe Weib und Kind.‹

›Und Ihr?‹, fragte wieder der mit der Bassstimme, die aber jetzt hohl klang.

›Schoß ihn nieder‹, versetzte mit einem heisern, entsetzlichen Lachen Bob.

Eine Weile saßen alle mit zu Boden gerichteten Blicken. Dann fuhr der mit der Bassstimme in dem Verhör weiter.

›Und wer war der Mann?‹

›Ei, wer war er? Fragte ihn nicht, wer er war, stand ihm auch nicht auf der Stirn geschrieben. War ein Bürger, ob aber ein Hoshier, oder Buckeye, oder Mudhead, ist mehr, als ich sagen kann.‹

›Die Sache muss denn doch untersucht werden. Alkalde‹, nahm nach einer langen Pause ein anderer das Wort.

›Das muss sie‹, versetzte der Alkalde.

›Wozu da erst lange untersuchen?‹, brummte unwillig Bob.

›Wozu?‹, entgegnete der Richter, ›Weil wir das uns, dem Kaltgemachten und Euch schuldig sind, Euch nicht verurteilen können, ohne das Corpus delicti gesehen zu haben. – Ist auch ein anderes Item‹, fuhr er, zu den Männern gewandt, fort, ›auf das ich euch aufmerksam machen muss. Ist der Mann halb und halb außer sich, nicht compos mentis, wie wir sagen. Hat das Fieber, hatte es, als er die Tat beging, war ferner da von Johnny aufgereizt, in desperater Stimmung über seinen Verlust; aber trotz dieser gereizten Stimmung hat er diesem Gentleman da, Mister Edward Nathanael Morse, das Leben gerettet.‹

›Hat er das?‹, fragte der mit der tiefen Bassstimme.

›In jeder Beziehung‹, versetzte ich, ›nicht nur dadurch, dass er mich aus dem tiefen Flusse zog, in dem ich, sterbend von meinem Mustang geworfen, sicher ertrunken wäre, sondern auch durch die sorgfältigste Pflege, die er dem sogenannten Johnny und seiner Mulattin zu meinen Gunsten abdrang. Ohne ihn wäre ich nicht mehr am Leben, das kann ich beschwören.‹

Bob warf mir jetzt einen Blick zu, der mir durch die Nerven drang. Es war so erschütternd, Tränen in diesen Augen zu treffen!

Die Männer hörten in tiefem Schweigen.

›Es scheint, dass Ihr durch Johnny aufgereizt worden, Bob?‹ nahm wieder der mit der Bassstimme das Wort.

›Sagte das nicht. Sagte nur, dass er auf die Geldkatze hinblinzelte, mir sagte ...‹

›Was sagte er?‹

›Was geht Euch aber das, was Johnny gesagt, an?‹, knurrte wieder verdrießlich Bob. ›Geht Euch nichts an, kalkuliere ich.‹

›Geht uns aber an‹, versetzte einer der Männer,›geht uns an.‹

›Wohl, wenn es Euch angeht, mögt Ihr es ebenso wohl wissen‹, brummte wieder Bob. ›Sagte, wie ich so wild aus dem Hause stürze, sagte er: ›Seid Ihr denn gar so Hühnerherz geworden, Bob‹, sagt er, ›dass Ihr da Fersengeld gebt, wenn nicht zehn Schritte von Euch eine so vollgespickte Katze für wenig mehr denn ein Lot Blei zu haben?‹

›Hat er das gesagt?‹, fragte wieder die Bassstimme.

›Fragt ihn selbst.‹

›Wir fragen aber Euch.‹

›Je nun, er hat es gesagt.‹

›Hat er es gewiss gesagt?‹

›Sagt' Euch schon, wozu das ewige Palavern? Hats gesagt, aber müsst ihn fragen. Will weder seinem, noch irgendeines andern Gewissen auf die Hühneraugen treten, sind mir die Meinigen dick genug, bürg Euch dafür. Will nur die Meinigen ausgeschnitten haben, und müssen ausgeschnitten sein. Wollt Ihr sie ihm ausschneiden, müsst Ihr Euch an ihn wenden. Kalkuliere, will bloß für mich reden, für mich gehängt sein.‹

›Alles recht, alles recht, Bob!‹ nahm wieder der Alkalde das Wort. ›Aber wir können Euch doch nicht hängen, ohne uns zuvor zu überzeugen, dass Ihr es auch verdient. Was sagt Ihr dazu, Mister Wythe? Seid Prokurator, und Ihr, Mister Heart und Stone? Helft Euch zu Rum oder Brandy und Mister Bright und Irwin, eine frische Zigarre. Sind konsiderabel tolerabel, die Zigarren. Sind sie's nicht? Wohl, Mister Wythe, das in der Diamantflasche ist Brandy, was sagt Ihr dazu?‹

Mein aristokratischer Demokrat war so ganz Demokrat geworden, als mir unter andern Umständen wohl ein Lächeln abgenötigt hätte, hier aber verging es mir. Mister Wythe, der Prokurator, hatte sich erhoben, wie ich glaubte, sein Urteil abzugeben, aber an dem war es noch nicht. Er trat zum Schenktische, stellte sich gemächlich vor diesen hin, und die Diamantflasche mit der einen Hand ergreifend, mit der andern das Glas, sprach er: ›Je nun, Squire, oder vielmehr Alkalde!‹

Nach dem ›Alkalde‹ schenkte er das Glas halb mit Rum voll. ›Wenns so ist‹, meinte er weiter, einen Viertelzoll Wasser hinzugießend.

›Und‹, fuhr er fort, einige Brocken Zucker nachsendend, ›Bob den Mann kalt gemacht hat ...‹

›Meuchlings kalt gemacht hat‹, setzte er hinzu, den Zucker mit dem hölzernen Stempel zerstoßend und umrührend, ›so kalkuliere ich‹, argumentierte er, das Glas hebend, ›dass Bob, wenns ihm so recht ist, gehängt werden sollte‹, schloss er, das Glas zum Munde bringend und leerend.

Bob schien eine schwere Last von der Brust genommen. Er holte tief und erleichtert Atem. Die Übrigen nickten stumm.

›Wohl!‹ sprach, aber nicht ohne Kopfschütteln, der Richter. ›Wenn Ihr so meint und Bob einverstanden ist, so kalkuliere ich, müssen wir ihm schon seinen Willen tun. Freilich sollte eigentlich das Ganze noch vor die District Court nach San Antonio hinüber; aber da er einer der Unsrigen ist, müssen wir schon ein Auge zudrücken, ihm Gnade für Recht widerfahren lassen, den Gefallen tun. Sag Euch aber, tue es nicht gerne. Tue es zwar, aber muss auf alle Fälle der kaltgemachte Mann noch zuvor untersucht, auch Johnny verhört werden. Sind das uns, sind es Bob als unserm Mitbürger schuldig.‹

›Auf alle Fälle!‹ bekräftigten die sämtlichen Zwölf.

›Was hat aber der Johnny dabei zu tun?‹ fiel mürrisch Bob ein. ›Hab euch schon ein Dutzend Mal gesagt, war nicht dabei, und geht ihn nichts an.‹

›Geht ihn aber doch an‹, entgegnete der Richter. ›Geht ihn an, Mann. War zwar nicht dabei, aber sandte Euch dafür, zwar nicht mit ausdrücklichen Worten, aber mit einem geheimen Sporne. Wäre Johnny nicht gewesen, hättet Ihr weder Mann noch Geldkatze gesehen pro primo, pro secundo hättet Ihr Eure zwanzig, fünfzig nicht verspielt, und pro tertio wäre Euch nicht die Notion ins Gehirn gekommen, Euch durch seine gespickte Katze – entgegen einem Lot Blei – zu entschädigen.‹

›Ist ein Fakt das!‹ bekräftigten alle.

›Seid ein gräulicher Mörder, Bob! Und ein konsiderabler dazu‹, nahm wieder der Richter das Wort; ›aber sage Euch doch, und gilt mir gleich, wers hört, sag es Euch ins Gesicht, will Euch nicht schmeicheln, aber seid mir doch lieber in Eurer Nagelspitze als der Johnny mit Haut und Haaren. Und tut mir leid um Euch, denn weiß, seid im Grunde kein Bösewicht, seid aber durch böses Beispiel, böse Gesellschaft verführt worden. Könntet aber, kalkuliere ich, noch zurechtgebracht, noch zu manchem gebraucht werden, vielleicht besser gebraucht werden, als Ihr meint. Ist Eure Rifle eine kapitale Rifle.‹

Die letzten Worte machten alle aufschauen. Bob scharf und fragend fixierend, hielten sie in gespannter Erwartung.

›Könntet‹, fuhr der Richter ermutigend fort, ›vielleicht der Welt, Euren beleidigten Mitbürgern, dem verletzten Gesetze noch bessere Dienste leisten als durch Euer Gehängtwerden da. Seid immer noch ein Dutzend Mexikaner wert.‹

Bob war während der Rede des Richters der Kopf auf die Brust gefallen. Jetzt hob er ihn, zugleich tief Atem holend.

›Verstehe, Squire! Weiß, worauf Ihr zielt. Kann aber nicht, darf nicht; kann nicht so lange warten, mag nicht. Ist mir das Leben zur Last, quält mich, foltert mich gar grausam. Lässt mir keine Ruhe, bei Tag und Nacht, wo ich gehe, stehe.‹

›Wohl, so legt Euch!‹, meinte der Richter.

›Steht auch da vor mir, treibt mich zurück unter den Patriarchen.‹

Hier schauten mehrere den Sprecher an, dann fielen ihre Blicke zu Boden. Eine Weile saßen sie so in tiefer Stille, endlich hoben sie die Köpfe, schauten einander forschend an, und der Richter nahm abermals das Wort: ›Es bleibt also dabei, Bob. Wollen heute zum Patriarchen, und morgen kommt Ihr. Seid Ihrs so zufrieden?‹

›Um welche Zeit?‹

›Um die zehn Uhr herum.‹

›Könnte es nicht früher sein?‹, murmelte, ungeduldig den Kopf schüttelnd, Bob.

›Warum früher? Seid Ihr denn gar so lüstern nach der Hanfbraut?‹ meinte Mister Heart.

›Was hilft das Schwätzen und Palavern?‹, brummte mürrisch Bob. ›Sag es euch ja, lässt mich nicht ruhen. Muss aus der Welt, treibt mich daraus; darum je eher, desto besser. Bin satt des Lebens, und wenn ich erst um zehn Uhr komme und ihr da noch ein paar Stunden oder mehr euer Palaver habt und wir dann wieder eine Stunde oder zwei zum Patriarchen reiten, kommt das Fieber.‹

›Aber wir können doch wegen Eurem Fieber da nicht wie die wilden Gänse zusammen und auseinander schießen‹, rief ungeduldig der Prokurator. ›Habt doch nur ein Einsehen, Mann!‹

›Freilich, freilich!‹, meinte wieder beinahe demütig Bob.

›Ist aber ein schlimmer Gast, das Fieber, Mister Wythe!‹, bemerkte Mister Trace, ein frisches Glas nehmend. ›Und kalkuliere‹, fuhr er fort, es leerend, ›sollten ihm den Gefallen tun.‹

›Wohl, Squire, was meint Ihr dazu?‹, fragte der Prokurator. ›Meint Ihr, dass wir ihm zu Willen sein sollen?‹

›Kalkuliere, ist wirklich ein wenig gar zu importun, unbescheiden da in seinen Forderungen, der Bob‹, meinte, sehr verdrießlich den Kopf schüttelnd, der Richter.

Alle schwiegen.

›Aber wenn ihr dafür haltet und es zufrieden seid‹, fuhr er, zu dem Ayuntamiento gewendet, fort, ›und weil es Bob ist, weil Ihr es seid, Bob!‹, wandte er sich an diesen, ›so kalkuliere ich, müssen wir Euch schon zu Willen sein.‹

›Dank Euch!‹ sprach sichtlich erleichtert Bob.

›Nichts zu danken!‹, brummte, während Bob der Türe zuging, mürrisch der Richter. ›Nichts zu danken! Aber jetzt geht in die Küche, versteht Ihr? Und lasst Euch da ein tüchtiges Stück Roastbeef mit Zubehör geben, versteht Ihr?‹

Auf den Tisch klopfend, hielt er inne.

›Ein tüchtiges Stück Roastbeef und Zubehör dem Bob‹, befahl er der eintretenden Diana, ›und das sogleich, und Ihr seht darauf, dass er es verzehrt. Und zieht Euch anders an, Bob, versteht Ihr? Wie ein Bürger, nicht wie eine wilde Rothaut, versteht Ihr?‹

Er winkte der Negerin abzutreten und fuhr dann, zu Bob gewendet, fort: ›Keine Einrede, Bob! Den Rum wollen wir Euch senden, sollt essen und trinken, Mann, wie ein vernünftiges Geschöpf, Eurem Geschick als Mann und nicht als ein hirnverbrannter Narr entgegentreten. Brauchen da keine Sprünge, keine Hungerkuren, die

Euch noch verrückter machen. Sage Euch, tun keinen Schritt, so Ihr nicht vernünftig esst und trinkt von den Gaben Eures Gottes, die er für Hohe und Niedrige, für Böse und Gute wachsen lässt, Euch wie ein vernunftbegabtes Wesen betragt und kleidet.‹

›Dank Euch!‹ sprach demütig Bob.

›Nichts zu danken, sagt Euchs schon!‹ grollte der Richter.

Bob ging, die Männer blieben sitzen, so ruhig wie immer; einer oder der andere stand wohl auf, sein Glas zu füllen oder eine Zigarre zu nehmen, aber ein Eintretender würde schwerlich erraten haben, dass hier ein Ayuntamiento auf Leben und Tod saß. Zuweilen ließ sich ein Gebrumme hören, aus dem zu entnehmen war, dass sie mit der eilfertigen Zudringlichkeit noch immer nicht einverstanden waren, besonders der Alkalde; allmählich jedoch schien auch er nachzugeben. Es dauerte jedoch noch eine geraume Weile, wohl eine Stunde, ehe sie alle ihre Notionen vorgebracht, entwickelt und wieder entwickelt hatten, alles in dem allerruhigsten, phlegmatischsten Tone. Kein Wort, keine Silbe war zu hören, lauter als der gewöhnliche Konversationston. Man hätte schwören sollen, irgendeine Kirchstuhl- oder Predigersmietung werde verhandelt; selbst Johnny, der nach aller einstimmigem Urteile ein sehr gefährliches Subjekt sein musste, war nicht imstande, sie aus der Fassung zu bringen. Sie wurden so ruhig einig, ihn zu lynchen, wie die Hinterwäldlerphrase lautet, als ob die Rede vom Einfangen eines Mustangs gewesen wäre.

Als sie diesen Entschluss endlich gefasst, erhoben sie sich, traten alle nochmals zum Schenktisch, tranken auf des Richters und meine Gesundheit, schüttelten uns die Hände und verließen Parlour und Haus.

Mir war während dieser grenzenlos zähen Verhandlung so unwohl geworden, dass ich mich nur mit Mühe auf den Füßen zu erhalten vermochte. Das hausbacken Derbe, Gefühllose und wieder Gefühlvolle dieser Menschen widerstand meinen Nerven. Mir schmeckte weder Frühstück, Mittag- noch Abendessen. Aber auch der Richter war sehr übel gelaunt, obwohl der Grund seiner üblen Laune wieder, wie Sie leicht ermessen können, ganz anders lautete. Sein Verdruss war wieder, dass das Ayuntamiento auf seine Notion, Bob dem Gemeinbesten, wie er es nannte, zu erhalten, nicht eingegangen, dass ihm das Gehängtwerden gar so leicht gemacht worden, der doch seinem Lande, der bürgerlichen Gesellschaft, noch recht gute Dienste hätte leisten mögen. Dass Johnny, der elende, niederträchtige, feig verräterische Johnny aus der Welt geschafft würde, war vollkommen recht; aber dass Bob es gleichfalls würde, erschien ihm stupid, stolid, absurd. Es war vergeblich, ihn an die Versündigung an der bürgerlichen Gesellschaft, dem Gesetze Gottes, der Menschen – den Finger Gottes, das rächende Gewissen zu erinnern. Bob hatte sich an der bürgerlichen Gesellschaft, an seinem Schöpfer versündigt, diesen stand es zu, Genugtuung zu fordern, sie zu bestimmen, nicht aber ihm; sich da feige aus der Welt, an der er sich versündigt, herauszuschleichen, damit sei weder Gott noch den Menschen gedient. Unter den vierzehn Männern seien auch zwei gewesen, die wegen Mordes aus den Staaten geflüchtet, aber sie trügen ihre Schuld und Last als Männer, willens, sie als Männer zu büßen, an den Mexikanern gutzumachen. –

Wir gerieten beinahe hart aneinander, sprachen auch den ganzen Tag nur wenig mehr und trennten uns am Abend frühzeitig.

Wir saßen am folgenden Morgen beim Frühstück, als ein ziemlich gut in Schwarz gekleideter Mann angeritten kam, abstieg und vom Richter als Bob angeredet wurde. Es war wirklich Bob, obwohl kaum mehr zu erkennen. Statt des hässlich blutigen Sacktuches, das ihm zuletzt in Fetzen um den Kopf gehangen, hatte er einen Hut auf, statt des Lederwamses und so weiter anständig schwarze Tuchkleider. Der Bart war gleichfalls verschwunden. Der Mann stellte einen Gentleman vor. Mit der Kleidung war auch ein anderer Mensch angezogen. Er schien ruhig, gefasst, sein Wesen resigniert, ja mild. Mit einer gewissen Wehmut im Blicke streckte er dem Richter die Hand dar, die dieser auch herzlich ergriff und in der seinigen hielt.

›Ah, Bob!‹, sprach er; ›ah, Bob! Wenn Ihr Euch doch hättet sagen lassen, was Euch so oft gesagt worden! Ließ Euch da die Kleider eigens von New Orleans bringen, um wenigstens an Sonntagen einen respektabel und dezent aussehenden Mann aus Euch zu machen. Wie oft habe ich nicht mit Euch gegrollt, sie anzuziehen und mit uns zum Meeting zu gehen, wenn Mister Bliß drüben predigte! War das nicht ohne Ursache, Mann, dass ich Euch Kleider machen ließ. Hat das Sprichwort: Macht das Kleid den Mann, viel Wahres, zieht der Mensch mit dem neuen Kleide wirklich auch etwas wie neue Gesinnungen an. Hättet Ihr diese neuen Gesinnungen nur zweiundfünfzigmal im Jahre angezogen, ei! Hätten einen heilsamen Bruch zwischen Johnny und Euch hervorgebracht. War meine Absicht eine gute.‹

Bob gab keine Antwort.

›Brachte Euch just dreimal in sie und in die Meeting; ah, Bob!‹

Bob nickte stumm.

›Wohl, wohl, Bob! Haben alles getan, Euch zu einem Menschen, wie er sein soll, zu bekehren, alles, was in unsern Kräften stand.‹

›Das habt Ihr‹, sprach erschüttert Bob; ›Gott dank es Euch!‹

Jetzt bekam ich Respekt vor dem Richter, ich versichere Sie, sehr großen Respekt. Ich drückte ihm die Hand. Eine Träne trat ihm ins Auge, die er aber, auf das Frühstück deutend, unterdrückte.

Bob dankte demütig, versichernd, dass er nüchtern zu bleiben, nüchtern vor seinen beleidigten Schöpfer und Richter zu treten wünsche.

›Unserm beleidigten Schöpfer und Richter‹, versetzte der Alkalde ernst, ›werden wir nicht dadurch gefällig, dass wir seine Gaben, die er für uns, seine Kreaturen, geschaffen, zurückweisen, sondern dass wir sie vernünftig genießen. Esst, Mann! Trinkt, Mann! Und folgt einmal in Eurem Leben Leuten, die es besser mit Euch meinen als Ihr selbst!‹

Jetzt setzte sich Bob.

Wir waren gerade mit unserm Frühstück fertig, als die erste Abteilung der Männer ankam, abstieg und eintrat. Auf ihren Gesichtern war nichts als das unerschütterliche texanische Phlegma zu lesen. Sie begrüßten den Richter, mich und Bob gleichmütig, ohne eine Miene zu verändern, setzten sich, als frische Schüsseln und Teller aufgetragen waren, an dem Tische nieder, langten zu und aßen und tranken mit einem Appetit, den sie wenigstens vierundzwanzig Stunden geschärft zu haben schienen.

Während sie aßen, kamen die Übrigen. Dieselben Grüße, dieselbe stumme Bewillkommnung und Einladung, derselbe Appetit. Während des halbstündigen Mahles wurden, ich bin ganz gewiss, nicht hundert Worte von allen zusammen gesprochen, und diese waren die gewöhnlichen: Will jou help me, yourself ...

Endlich waren alle gesättigt, und der Alkalde befahl den Negern, die Tafel zu räumen und dann das Zimmer zu verlassen.

Als die Neger beides getan, nahm der Alkalde am oberen Ende des Tisches Platz, zu beiden Seiten das Ayuntamiento, vor diesem Bob. Ich hatte mich natürlich zurückgezogen, so die zwei Männer, die sich Mordes halber aus den Staaten geflüchtet.

Allmählich nahmen auch die Gesichter einen Ausdruck an, der, weniger phlegmatisch, dem Ernste der Stunde entsprach.

›Mister Wythe!‹, hob der Richter an, ›habt Ihr, als Prokurator, etwas vorzubringen?‹

›Ja, Alkalde!‹ versetzte der Prokurator. ›Habe vorzubringen, dass, kraft meines Auftrags und Amtes, ich mich an den von Bob Rock, wie er genannt wird, angedeuteten Ort begeben, da einen getöteten Mann gefunden, und zwar durch eine Schusswunde getöteten, ihm beigebracht durch die Rifle Bob Rocks oder wie er sonst heißt. Ferner einen Geldgürtel und mehrere Briefe und Empfehlungsschreiben an verschiedene Pflanzer.‹

›Habt Ihr ausgefunden, wer er ist?‹

›Haben es‹, versetzte der Prokurator. ›Haben aus den verschiedenen Briefen und Schreiben ersehen, dass der Mann ein Bürger, aus Illinois gekommen, nach San Felipe de Austin gewollt, um vom Oberst Austin Land zu kaufen und sich anzusiedeln.‹

So sagend, holte der Prokurator aus dem Sattelfelleisen, das ihm zur Seite lag, einen schweren Geldgürtel heraus, den er mit den Briefschaften auf den Tisch legte. Die Briefe waren offen, der Gürtel versiegelt.

Der Richter öffnete den Gürtel, zählte das Geld, das etwas über fünfhundert Dollars in Gold und Silber betrug, dann die kleinere Summe, die sich im Beutel, den Bob zu sich genommen, befand. Dann las der Prokurator die Briefe und Schreiben.

Darauf berichtete einer der Korregidoren betreffend Johnny, dass er sowohl als seine Mulattin entwichen wären. Er, der Korregidor, habe mit seiner Abteilung ihre Spur verfolgt; da diese sich jedoch geteilt, so hätten sich auch die Männer geteilt, aber obgleich sie fünfzig, ja siebzig Meilen nachgeritten, hätten sie doch nichts von ihnen entdecken können.

Der Richter hörte den Bericht sehr unzufrieden an.

›Bob Rock!‹, rief er dann, ›tretet vor!‹

Bob trat vor.

›Bob Rock! Oder wie Ihr sonst heißen möget, erkennt Ihr Euch schuldig, den Mann, an dem diese Briefschaften und Gelder gefunden worden, durch einen Schuss getötet zu haben?‹

›Schuldig!‹, murmelte Bob.

›Gentlemen von der Jury!‹, sprach wieder der Richter, ›wollet ihr abtreten, euer Verdikt zu geben?‹

Die Zwölf erhoben sich und verließen das Parlour, bloß der Richter, ich, Bob und die zwei Flüchtlinge blieben zurück. Nach etwa zehn Minuten trat die Jury mit unbedeckten Häuptern ein. Der Richter nahm seine Kappe gleichfalls ab.

›Schuldig!‹ sprach der Vordermann.

›Bob!‹, redete diesen nun der Richter mit erhobener Stimme an, ›Bob Rock, oder wie Ihr heißen möget! Eure Mitbürger und Pairs haben Euch für schuldig erkannt, und ich spreche das Urteil aus, dass Ihr beim Halse aufgehängt werdet, bis Ihr tot seid. Gott sei Eurer Seele gnädig!‹ – ›Amen!‹ sprachen alle.

›Dank Euch!‹, murmelte Bob.

›Wollen noch die Verlassenschaft des Gemordeten gehörig versiegeln, ehe wir unsere traurige Pflicht erfüllen!‹ sprach der Richter.

Er rief die Negerin, der er Licht zu bringen befahl, versiegelte zuerst selbst Gürtel und Papiere, dann der Prokurator, zuletzt die Korregidores.

›Hat noch einer etwas einzuwenden, warum das ausgesprochene Urteil nicht vollzogen werde?‹ hob nochmals der Richter mit einem scharfen Blicke auf mich an.

›Er hat mir das Leben gerettet, Richter und Mitbürger!‹, sprach ich tief erschüttert, ›das Leben auf eine Weise gerettet ...‹

Bobs Augen wurden, während ich so sprach, starr, ein tiefer Seufzer hob seine Brust, aber zugleich schüttelte er den Kopf.

›Lasst uns in Gottes Namen gehen!‹ sprach der Richter.

Ohne ein Wort weiter zu sagen, verließen wir alle Parlour und Haus und bestiegen die Pferde. Der Richter hatte eine Bibel mitgenommen, aus der er Bob für die Ewigkeit vorbereitete. Auch hörte ihn dieser eine Weile aufmerksam, ja andächtig an. Bald schien er jedoch wieder ungeduldig zu werden; er setzte seinen Mustang in rascheren, bald in so raschen Trab, dass wir zu argwöhnen begannen, er suche auszureißen. Aber es war nichts als die Furcht, das Fieber möchte ihn vor seinem Ende übereilen.

Nach Verlauf etwa einer Stunde hatten wir den sogenannten Patriarchen vor uns.

Wohl ein Patriarch, ein wahrer Patriarch der Pflanzenwelt! War es die feierliche Stimmung, der Ernst des Todes, der uns im Innersten durchdrungen, aber alle hielten wir bei seinem Anblicke wie vor einer Erscheinung aus einer höheren, einer überirdischen Welt! Mir wars, als ob die Geister einer unsichtbaren Welt aus diesem Riesenwerke heraussäuselten – rauschten, diesem kolossalen Naturwunder, das so gar nichts Baumähnliches hatte! Eine ungeheure Masse von Vegetation, die mehrere Hundert Fuß im Diameter, wohl hundertunddreißig Fuß emporstarrte, aber so emporstarrte, dass man weder Stamm, noch Äste, noch Zweige, nicht einmal Blätter, nur Millionen weißgrünlicher Schuppen mit unzähligen Silberbärten sah. Diese Millionen grünlicher Silberschuppen glänzten euch mit den zahllosen Silberbärten, die oben kürzer, unten länger, in so seltsam fantastischen Gebilden entgegen, dass ihr beim ersten Anblick geschworen hättet, Hunderte, ja Tausende von Patriarchen schauten euch aus ihren Nischen an! Erst tiefer hingen die Bärte, das bekannte spanische, aber hier nicht schmutzig-, sondern silbergraue Moos, länger und wohl an die vierzig Fuß zur Erde herab, so vollkommen den Stamm verhüllend, dass mehrere Männer absteigen, die Moosbärte auseinanderreißen und uns erst freien Durchgang erzwingen mussten. Innerhalb des ungeheuren Domes angekommen, nahm es noch eine geraume Weile, ehe wir, geblendet, wie wir ins Halbdunkel eintraten, das Innere zu schauen vermochten. Die Strahlen der Sonne, durch Silbermoos und Schuppen und Blätter und Bärte gebrochen, drangen grün und rot und gelb und blau wie durch die gemalten Glasfenster eines Domes ein, ganz das Halbdunkel eines Domes verbreitend! Der Stamm war wieder ein eigenes Naturwunder. Wohl vierzig Fuß emporstarrend, ehe er in die Äste auslief, hatte er der Auswüchse und Buckel so viele und ungeheure, dass er vollkommen einem unregelmäßigen Felsenkegel glich, von dem wieder Felsenzacken in jeder Richtung ausliefen, an die erst sich Massen von Silbermoos und Barten und Gestrüppe und Zweigen angesetzt. So überwältigt fühlte ich mich durch dieses Riesenwerk der Schöpfung, dass ich mehrere Minuten stand, staunend und starrend – erst durch das hohle Gemurmel meiner Gefährten zum Bewusstsein gebracht wurde.

Sie hielten innerhalb der Krone des Baumes in einem Kreise, Bob in der Mitte. Er zitterte wie Espenlaub, die Augen starr auf einen frischen Erdaufwurf geheftet, der etwa dreißig Schritte vom Stamme zu sehen war.

Darunter ruhte der Gemordete.

Aber eine herrliche Grabesstätte! Kein Dichter könnte sie schöner wünschen oder träumen. Der zarteste Rasen, die hehrste Naturgruft, mit einem ewigen Halbdunkel, so wundersam durchwoben mit Regenbogenstrahlen!

Bob, der Richter und seine Amtsgenossen waren sitzen geblieben, etwa die Hälfte der Männer aber abgestiegen. Einer der letzteren schnitt nun den Lasso vom Sattel Bobs, warf das eine Ende über einen tiefer sich herabneigenden Ast, und es mit dem andern zu einer Schlinge verknüpfend, ließ er diese vom Aste herabfallen.

Nach dieser einfachen Vorkehrung nahm der Richter seinen Hut ab und faltete die Hände; die übrigen folgten seinem Beispiele.

›Bob!‹, sprach er zu dem stier über den Nacken seines Mustangs Herabgebeugten, ›Bob! Wir wollen beten für Eure arme Seele, die jetzt scheiden soll von Eurem sündigen Leibe.‹

Bob hörte nicht.

›Bob!‹ sprach abermals der Richter.

Bob fuhr auf. ›Wollte etwas sagen!‹ entfuhr ihm wie im wahnsinnigen Tone. ›Wollte etwas sagen ...‹

›Was habt Ihr zu sagen?‹

Bob stierte um sich, die Lippen zuckten, aber der Geist war offenbar nicht mehr auf dieser Erde.

›Bob!‹, sprach abermals der Richter, ›wir wollen für Eure Seele beten.‹

›Betet, betet!‹, stöhnte er, ›werde es brauchen.‹

Der Richter betete langsam und laut, mit erschütterter und erschütternder Stimme: ›Unser Vater, der du bist in dem Himmel!‹ Bob sprach ihm jedes Wort nach. Bei der Bitte: Vergib uns unsere Schuld! Stöhnte seine Stimme aus tiefster Brust herauf.

›Gott sei seiner Seele gnädig!‹, schloss der Richter.

›Amen!‹ sprachen ihm alle nach.

Einer der Korregidoren legte ihm nun die Lassoschlinge um den Hals, ein anderer verband die Augen, ein dritter zog die Füße aus den Steigbügeln, während ein vierter, die Peitsche hebend, hinter seinen Mustang trat. All das geschah so unheimlich, still, schauerlich!

Jetzt fiel die Peitsche. Das Tier machte einen Sprung vorwärts. In demselben Augenblicke schnappte Bob in verzweifelter Angst nach dem Zügel, stieß ein gellendes Halt aus.

Es war zu spät, er hing bereits.

Das nun in rasendster Verzweiflung herausgeheulte Halt des Richters klingt mir noch in den Ohren, ich sehe ihn noch, wie er wie wahnsinnig, den Peitschenführer überreitend, an die Seite des Gehängten schoss, ihn in seine Arme riss, auf sein Pferd hob.

Mit der einen Hand den Gehängten haltend, mit der andern die Schlinge zu öffnen bemüht, zitterte die ganze Riesengestalt des Mannes in unbeschreiblicher Angst. Es war etwas Furchtbares in diesem Anblicke. Der Prokurator, die Korregidoren, alle standen wie erstarrt.

›Whisky, Whisky! Hat keiner Whisky?‹, kreischte er.

Einer der Männer sprang mit einer Whiskyflasche herbei, ein anderer hielt dem Gehängten den Leib, ein dritter die Füße. Der Richter goss ihm einige Tropfen in den Mund.

Er stierte ihn dazu an, als ob von seinem Erwachen sein eigenes Leben abhinge. Lange war alle Mühe vergebens; aber das Halstuch, das man abzunehmen vergessen, hatte den Bruch des Genickes verhindert; er schlug endlich die grässlich verdrehten Augen auf.

›Bob!‹, murmelte der Richter mit hohler Stimme.

Bob stierte ihn mit seinen verdrehten Augen an.

›Bob!‹, murmelte abermals der Richter. ›Ihr wolltet etwas sagen, nicht wahr, von Johnny?‹

›Johnny!‹ röchelte Bob. ›Johnny!‹

›Was ist mit Johnny?‹

›Ist nach San Antonio, der John-ny!‹

›Nach San Antonio?‹, murmelte der Richter.

Seine gewaltige Brust hob sich, als wollte sie zerspringen, seine Züge wurden starr.

›Nach San Antonio zum Padre José!‹, röchelte wieder Bob. ›Katholisch – hütet Euch!‹

›Ein Verräter also!‹, murmelten alle wie erstarrt.

›Katholisch!‹, murmelte der Richter.

Die Worte schienen ihm alle Kraft zu rauben, der Gehängte entsank seinen Armen, hing abermals am Lasso.

Einen Augenblick starrte er ihn an – die Männer.

›Katholisch! Ein Verräter!‹

›Ein Bürger und ein Verräter! Katholisch!‹ murmelten sie ihm nach.

›So ists, Männer!‹, murmelte der Richter. ›Haben aber keine Zeit zu verlieren‹, zischte er in demselben unheimlichen Tone, sie anstarrend, ›keine Zeit zu verlieren – müssen ihn haben.‹

›Keine Zeit zu verlieren, müssen ihn haben!‹, murmelten sie alle. ›Müssen sogleich nach San Antonio!‹ zischte wieder der Richter. ›Nach San Antonio!‹, murmelten sie alle, wie Gespenster, der in die spanischen Moose gerissenen Öffnung zuschreitend und reitend.

Im Freien angekommen, schauten sie den Richter – einander – noch einmal fragend an, die Abgestiegenen schwangen sich in ihre Sättel, und alle sprengten in der Richtung nach San Antonio davon.

Der Richter war allein zurückgeblieben, in tiefen Gedanken, leichenblass, seine Züge eisig eisern, seine Augen starr auf die Davonreitenden gerichtet.

Plötzlich schien er aus seinen Träumen zu erwachen, erfasste mich am Arme.

›Eilt nach meinem Hause, reitet, schont nicht Pferdefleisch. Nehmt zu Hause Ptoly und ein frisches Pferd, jagt nach San Felipe und sagt Stephan Austin, was geschehen, was Ihr gesehen, gehört.‹

›Aber, Richter!‹

›Eilt, reitet, schont nicht Pferdefleisch, wenn ihr Texas einen Dienst erweisen wollt! Bringt meine Frau und Tochter nach Hause!‹

So sagend, trieb er mich mit Händen und Füßen, dem ganzen Körper, fort; in der Ungeduld nahmen seine Züge etwas so Furchtbares an, dass ich, ganz außer mir, meinem Mustang die Sporen gab.

Er flog davon. – Wie ich um die vorspringende Waldesecke herumbog, zurückschaute, war der Richter verschwunden.

Ich ritt, was mein Tier zu laufen vermochte, kam am Hause an, nahm Ptoly, ein frisches Pferd, jagte nach Felipe de Austin, meldete mich bei Oberst Austin.

Stephan Austin hörte mich an, wurde bleich, befahl Pferde zu satteln, sandte zu seinen Nachbarn.

Ehe ich noch mit der Frau und Stieftochter des Alkalden nach ihrem Hause aufbrach, sprengte er mit fünfzig bewaffneten Männern in der Richtung nach San Antonio hin.

Ich kehrte mit den beiden meinem Schutze anbefohlenen Damen nach ihrer Pflanzung zurück, war aber da kaum angekommen, als ich ohnmächtig zusammensank.

Wilde Fantasien, ein heftiges hitziges Fieber ergriffen mich, brachten mich an den Rand des Grabes.

Mehrere Tage schwebte ich so zwischen Leben und Tod; endlich siegte meine jugendliche Natur. Ich erstand, aber – obwohl ich der liebevollsten, aufheiterndsten Pflege genoss – die schrecklichen Bilder wollten mich nicht verlassen, standen immer und allenthalben vor mir. Erst als ich meinen Mustang bestiegen, um mit Anthony, dem Jäger Mister Neals, der mich endlich aufgefunden, nach des letzteren Pflanzung zurückzureiten, begannen heitere Gestalten aufzutauchen.

Unser Heimweg führte am Patriarchen vorbei. Zahllose Raub- und Aasvögel umkreischten ihn. Ich wandte die Augen ab, hielt mir die Ohren zu – alles vergebens; es zog mich wie mit unsichtbarer Gewalt hin. Anthony war bereits durch die in die Moose gerissenen Öffnungen eingedrungen. Sein wildes Triumphgeschrei schallte aus dem Innern heraus.

In unbeschreiblicher Hast stieg ich ab, zog meinen Mustang durch die Öffnung, eilte dem Riesenstamme zu.

Eine Leiche hing etwa vierzig Schritte davon am Lasso von einem Aste herab, demselben Aste, an dem Bob gehangen; aber er war es nicht. Der Hängende war um vieles kleiner.

Ich trat näher, schaute.

›Ei, ein Kaitiff, wie die Welt nicht zwei aufweisen konnte!‹, brummte Anthony, auf die Leiche deutend.

›Johnny!‹, rief ich schaudernd, ›das ist Johnny!‹

›War es; ists, dem Himmel sei Dank! Nicht mehr.‹

Ich schauderte.

›Aber wo ist Bob?‹

›Bob?‹, rief Anthony; ›ah, Bob! Ja Bob!‹

Ich schaute, da war noch der Grabeshügel, wie ich ihn zuletzt gesehen. Er schien mir größer, höher, und doch wieder nicht. Lag er darunter, bei seinem Opfer?

›Wollen wir dem Elenden nicht den letzten Dienst erweisen, Anthony?‹, fragte ich.

›Dem Kaitiff?‹, versetzte er. ›Will meine Hand nicht vergiften, die Aasvögel mag er vergiften. Lasst uns gehen!‹

Und wir gingen.«